삐뚤어진
사람들에게

삐뚤어진 사람들에게

발행일	2017년 8월 2일

지은이	김 주 호		
펴낸이	손 형 국		
펴낸곳	(주)북랩		
편집인	선일영	편집	이종무, 권혁신, 송재병, 최예은, 이소현
디자인	이현수, 이정아, 김민하, 한수희	제작	박기성, 황동현, 구성우
마케팅	김회란, 박진관, 김한결		
출판등록	2004. 12. 1(제2012-000051호)		
주소	서울시 금천구 가산디지털 1로 168, 우림라이온스밸리 B동 B113, 114호		
홈페이지	www.book.co.kr		
전화번호	(02)2026-5777	팩스	(02)2026-5747

ISBN	979-11-5987-665-3 03810(종이책)	979-11-5987-666-0 05810(전자책)

(주)북랩 성공출판의 파트너

북랩 홈페이지와 패밀리 사이트에서 다양한 출판 솔루션을 만나 보세요!

홈페이지 book.co.kr · **블로그** blog.naver.com/essaybook · **원고모집** book@book.co.kr

세상의 모든 방황하는 이에게 보내는
인생의 교훈과 아포리즘

삐뚤어진 사람들에게

김주호 지음

북랩 book Lab

차례

1장

연애

연애: 서로 사랑하는 두 사람의 친밀한 관계

연애의 첫 번째 공식은 집착하면 멀어진다.

여자에 대한 남자의 투자 목적은 섹스이다.
남자들이 세상에서 제일 좋아하는 게 섹스이다.
여자가 남자에게 아무 조건도 요구하지 않으면 그 여자는 공짜 여자다.

여자에게 섹스는 사랑.
남자에게 섹스는 육체 활동.

남자는 섹스를 하기 위해 사랑을 하지만,
여자는 사랑을 받기 위해 섹스를 한다.

사랑한다는 것은 나의 일부를 발가벗는 일이고,
그의 전부를 발가벗기는 일이다.

여자는 남자를 물주라고 생각하고
돈으로 남자를 이용한다고 생각하지만,
실은 남자는 당하는 척하면서 섹스를 즐긴다.

요즘 남자들은 화장을 하지만,
여자는 분장을 한다
- 그래서 일어났을 때 못 알아보는 경우가 많다.

나쁜 남자 좋아하시는 여성분, 착각하지 마라.
나쁜 남자는 누구나 될 수 있지만

나를 아껴주고 사랑해주는 남자는 누구나 될 수 없다.

여자는 생리 현상을 보여주면 안 된다.
- 남자는 환상이 있다.
- 생리 현상을 보여줄 경우 외도할 가능성이 아주 높다.

좋아하지 않는 여자는
바람 피다 걸려도 크게 대수롭지 않게 생각한다.

남자는 보통
진짜 애인은 다른 친구들한테 섹스한 이야기를 하지 않지만,
편안하게 즐기는 여자는 쉽게 이야기하고 공유한다.

여자는 옛날 이성 친구의 과거 이야기를 하지 말아야 한다.
과거 이야기를 할 경우 보통 남자는 상상하기 때문에,
흠집이나 잦은 다툼을 유발할 수 있다.

만난 지 며칠 만에 남자랑 섹스할 경우 큰 실수를 한 것이다.
쉽게 자면 쉽게 생각할뿐더러, 그 여자는 쉽게 다른 남자랑 잔다고 생
각을 해서 섹스만 하고 즐기다 헤어지는 경우가 많다.

쉽게 잠자리를 하지 않는 여성은
쉬운 여자가 아니라는 것을 증명한 것이고,
남자도 어렵게 얻은 만큼 쉽게 행동하지 않는다.

남자는 잡은 물고기에는 흥미를 잊어버린다.

남자는 여자를 가질 수 없을 때 더 간절해진다.

보통 여자들은 남자가 같이 잠자리 안 한다고
다른 여자한테 떠나간다고 생각하지만 절대로 그렇지 않다.
진짜 좋아한다면 시간과 여유를 가지고 천천히 다가간다.
쉽게 잠자리하자고 말조차 꺼내지도 못한다.
여자들이 그런 오해를 하는 건 남자들이 섹스하기 위해
거짓말로 흔들리게 하기 때문이다.

진심으로 여자를 사랑하면 남자는
언제든지 섹스를 하지 않고 기다린다.
**여자는 조금 늦더라도
신중하게 기다릴 줄 아는 남자를 만나는 게 현명하다.**

똑똑한 여우가 꽃미남을 만난다.

여자는 남자와 오랫동안 관계를 맺지 말란 이야기가 아니라,
어느 정도 시간을 가지고 어떤 사람인지 알아간 후
관계를 갖는 게 좋다.

여자는 남자에게 아무것도 해주지 않는 게 아니라
포옹이나 뽀뽀 또는 작은 스킨십을 통해
사랑을 표현하며 조금씩 알아가는 게 좋다.

보통 남자들은 내 여자가 바람을 피운다는 생각을 적게 한다.

남자는 자신의 이야기를 하는 것을 좋아한다.

왜냐하면 은근히 자기 자랑을 하면서 여자의 마음을 사로잡으려고
거짓 자랑과 자기 경험을 부풀려서 이야기하기 때문이다.

영국 속담에 남자가 솔직하게 자기 이야기를 하면,
여자는 5분도 못 버티고 도망간다는 말이 있다.

나를 사랑하느냐는 질문에
남자가 빙빙 돌려서 애매한 대답을 한다면,
당신은 그에게 있어 여러 마리 물고기 중 한 마리일 가능성이 크다.

남자가 바라는 세 가지 꼭 참고해라.

첫째, 여자의 격려
- 옛날 속담에 소를 남자로 비유해서,
  주인이 소에게 풀을 먹이려 산속으로 갔다가 호랑이를 만났는데,
  주인이 무서워서 소 고삐를 놓고 도망가면 둘 다 죽지만, 도망가지 않고
  토닥토닥 격려해주면 소가 뿔로 호랑이도 잡는다는 이야기가 있다.
  여자가 남자를 격려해주면 남자는 없던 힘도 생긴다.

둘째, 절대 변하지 않는 마음
- 남자는 다른 곳에서 섹스를 즐겨도 자기 여자는 절대 변하지 않을 거라고 믿는다.

셋째, 섹스
- 두말하면 잔소리다.

남녀가 싸웠을 경우나 이별하고 난 후,
남자가 기다릴 경우 오랜 시간 섹스를 하지 않으면
남자는 어디든 가서 욕구를 해소하고,
내 사랑하는 여자가 돌아올 때까지 기다리는 경우가 많다.

바람을 피다 들킨 남자가
'그 여자와는 진지한 사이가 아니다.'라고 한다면,
여자는 말도 안 되는 소리라고 생각하겠지만, 이것이 현실이다.

남자는 보통 결혼하면
집사람 한 명, 연애만 할 수 있는 애인 한 명씩 둔다.

놀았던 남자들이 나중에 한 여자에게 집중하는 경우가 많다.
이 여자 저 여자 많은 여자랑 만나서 즐기다가
어느 순간 즐거도 즐겁지도 않다고 생각하는 순간,
그러던 어느 날 특별한 여자를 만나서 결심했을 땐,
보통 바람을 피울 가능성이 줄어든다.

어느 정도 사귄 커플은 잠자리를 한 번 정도 거부해서
남자의 상태를 확인해야 한다.
- 남자가 전화도 하지 않고
- 데이트가 뜸해지든가
이럴 경우 그냥 섹스만 즐기는 남자이다.

보통 남자가 질투심 없을 땐 그 여자를 좋아하지 않는다는 얘기다.
보통 화를 내면 좋은 반응, 관심이 있다는 얘기다.
- 질투란 내가 사랑하는 사람이 떠날까 봐 두려워하는 감정이다.

진짜 여자를 좋아할 경우
여자가 어려운 환경에 처해 있을 때
많은 도움을 못 주어도
최소한 작은 도움이라도 주고 싶어 안달한다.

남자와 오랫동안 잠자리를 하지 않고 관계를 유지할 경우
특별한 아이디어가 필요하다.
- 포옹, 잦은 칭찬, 뽀뽀, 손잡기 등

지금 내가 아직 배우자를 만나지 못한 것은,
단점을 장점처럼 사랑스럽게 바라보는 누군가를
아직 만나지 못했기 때문이다.

어느 시 구절에
"내가 당신과 사랑에 빠진 것은,
당신이 어떤 무언가를 잘할 수 있기 때문이 아니라
단지 당신이기 때문입니다"
라는 구절이 있다.

사랑은 조건으로 하는 게 아니다.
무조건적으로 해야 한다.

남자들아,
여자의 기분은
이유 없이 안아주는 것만으로도 해결된다.

진행 중인 사랑은 당신이 주인공이지만
끝난 사랑은 당신이 관객이 되어야 한다.
- 마지막 문자나 카톡은 보내지 마라.

대부분의 경우 여자가 남자에 대해 걱정하는 만큼,
남자는 자기 여자에 대해 많이 걱정하지는 않는다.
그래서 자기 여자가 바람 피운다는 생각을 남자는 적게 한다.

'당신이 필요해요'라는 말로 남자의 자존심을 지켜줘라.
- 남자는 나서는 것을 좋아한다.

남자는 이성과 섹스를 하면
날 더 좋아할 거라고 착각하고 자신있어 한다.

남자는 애를 쓰고 노력할수록
더 멋진 여자를 차지할 수 있다고 생각한다

- 외제차 사기, 비싼 술 먹기, 비싼 명품옷 입기

남자의 궁극적 목적은 여자이기 때문이다.

여자가 능력이 되거나 돈이 많을 경우
남자는 남자 구실을 못하기 때문에 보통 쉽게 떠나간다.
- 여자가 남자한테 가르치려 한다. (자존심 때문에 떠난다)
- 여자가 주도하면 자주 다툰다. (남자 구실 못하는 것 같아서)
- 여자가 자기 멋대로 행동한다. (스트레스 때문에 못산다)
- 남자가 마음 편히 섹스할 수 없다. (눈치 보면서 섹스를 해야 한다)

남자는 책임과 보호의 역할을 하지 못하면
남자는 여자에게 사랑을 고백할 수 없다.
- 위축돼서,
- 수컷의 본능
- 남자는 여자가 자기한테 의지하고 기대길 바란다.

남자는 자존심이 밥 먹여준다? YES

여자가 남자 자존심을 건드릴 경우 큰 싸움이나 헤어질 경우가 가장 많다.
- 남자들은 자기 여자친구가 자신을 우러러보는 걸 좋아한다.

여자가 돈을 더 잘 벌면 보통 가정이 평화롭기 어렵다.
- 남자 구실 못함
- 남자로서의 위엄 떨어짐
- 소심해짐

남자는 한 살 한 살 먹게 되면 많은 여자를 거느리는 것보다
사랑하는 한 여자를 만나는 게 남자 역할이라는 걸 깨닫게 된다.

남자는 내숭인지 알면서도 천상여자에게 끌린다.

여자는 못하는 척하면서 남자한테 맡겨야 한다.
(쓰레기 버리기, 무거운 거 못 드는 척하기 등)
- 남자 기 세워주면 좋아한다.

남자가 돈이 있을 때 만나면 없을 때는 여자는 떠나간다.

남자가 없을 때 만나다가 돈이 생기면 여자를 버리면 안 된다.

여자는 잠을 잘 때 대충 입고 자는 것보다
깔끔한 또는 섹시한 잠옷을 입고 자야 남자한테 사랑받는다.

남자가 여자한테 청혼을 하지 않는 이유!
- 유부남
- 원하는 상대가 아니다.
- 결혼 상대가 아닌 것 같아서.
이럴 경우 의심해 봐야 한다.

남자는 여자랑 결혼할 시간이 머지 않았으면
그 여자를 오래 붙잡아 두지 않는다.

남자가 그렇게
책임감도 미래에 대한 계획도 없이 여자를 붙잡게 해서는 안 된다.
법적으로 확실한 관계를 맺지 않으면
여자를 다른 남자한테 빼앗길 수 있다는 위기감을 조성해서
본인이 얼마나 소중한 존재인지 확실히 깨닫게 해야 한다.

남자가 청혼할 때까지 기다리지 마라.
- 여자도 청혼할 수 있다.

당신한테 많은 것을 투자하지 않는 남자는
당신과 그저 잠깐 섹스만 즐기다가 떠날 남자다.

남녀가 함께할 때는 그 존재 가치를 평가하기 힘들지만
떠나고 헤어진 후에야 그 진가를 알 수 있다.

남녀 간 사랑의 시작은 궁금증과 관심에서 시작된다.

사랑에는 두 가지가 있다.
운명처럼 느낌으로 판단하는 사랑이 있고,
오랜 시간을 거쳐 서로를 알아간 후에 사랑하는 사람도 있다.

남녀가 사랑할 때 만난 횟수도 중요하지만,
얼마나 뜨겁고 깊게 만났는지가 더 중요하다.

시 중에 지금 만나는 사람을 평생 함께할 거로 생각하지만
언젠가는 떠나가는 게 인연이라고 하는 시도 있다.
- 왜냐! 내일 헤어질 수도 있다.

사랑할 시간이 그리 많지 않기 때문에
더 치열하게 몰입해서 사랑해야 한다.
- 왜냐! 내일 헤어질 수도 있다.

30대 중반의 결혼하지 않은 여자들이 많은 이유는
결혼하자고 확실하게 대답하지 않는 남자를
차마 포기하지 못하고
질질 끌려다니기 때문이다.

여자는 결혼의 원칙과 시간을 정해
이때 결혼을 하지 않으면 안 된다고 해야 한다.
헤어질까 봐 두려워하면 안 된다.

당신을 사랑하는 남자라면 절대 떠나지 않는다.

결혼할 시기에 하지 않으면
이쁘고 고운 나이 다 지나간 후,
다른 남자랑 다시 시작하려면 점점 더 힘들어진다.

남자의 사소한 배려가 퀸카를 얻는다.

술을 좋아하지 않는 남자는 보통
여자가 술을 좋아하는 걸 싫어한다.

남자는 여자가 술을 먹어도
적당히 조절해서 먹는 것을 좋아한다.

고백할 때 서툴러도 괜찮아.
완벽한 당신에게는 바람둥이라는 느낌을 받지만,
서툰 당신에게는 호감을 느낀다.

해보지 않은 그 고백은 분명 성공했을 것이다.
(그녀는 내 여자친구가 되어 있을 것이다)

이 남자를 만나면서
그 남자를 그리워하면
그 남자를 진심으로 사랑하는 것이다.

남자들이 바람 피거나 음침한 행동을 하면 늑대라고 하는데,
잘못 알고 있는 거다.
늑대는 한번 짝 맺으면 죽을 때까지 함께한다.

결혼 안 한 것을 자랑삼으면 잘한 게 되고
그것을 부족함이라고 생각하면 스스로 초라해진다.
- 결혼을 늦게 할수록 좋을 수도 있다.
 내가 할 수 있는 것을 구애받지 않고 즐길 수 있기 때문이다.

60살이 되도록 결혼을 못 했다.
이렇게 생각하면 실패한 자가 되는 것이고,
60살이 될 때까지 결혼 안 하고 버텼다.
이러면 승리자가 된다.

상대방이 나를 싫어한다고 해서 상처받지 말자.
다른 데로 가서 용기를 내어 끊임없이 고백해보자.
분명 성공할 것이다.

둘 다 배려하는 사람끼리는 서로 양보하다 뜻을 이루지 못한다.
그래서 연인이나 부부관계에서는 상반되는 사람을 만나야 잘산다.

어떻게 보면 결혼은 극과 극이 만나야 잘산다.
건전지처럼 플러스와 마이너스가 만나야
하나의 전류가 통하는 것처럼,
그래야 인생의 변화가 생기고, 다양한 경험을 하는 것이다.

실제로 결혼 초기에 부부싸움을 하지 않는 부부가
싸움을 많이 한 부부보다 3년 뒤 이혼율이 더 높다고 한다.
서로 다른 사람이 만났으니 갈등은 당연하다.
- 말을 할 때 당신은, 너는, 이런 말보다
  우리는, 나는, 함께, 서로, 하나의 느낌을 주는 말을 쓰자.

최고의 사랑은
마지막 사랑이라 생각하고
정성을 다해 사랑하는 것이다.
- 이번에 사랑한 사람이 마지막 사랑일지 모르기 때문에
  최선을 다해서 만나야 한다.

여자가, 오빠 내가 왜 좋아?
좋아하는 데 이유가 없는 사람이 좋다.
좋아하는 이유가 있는 사람은
그 이유가 없어지면 떠나가 버리잖아~ 그냥 좋아~ 묻지 마!

근본적으로 여자와 남자는 다르다.
- 여자는 현미경으로 들여다봐야 하고,
남자는 망원경으로 봐야 한다!
그래서 머리가 아프다.

십 년 과부로 기다리다 하필이면 고자 서방을 얻는다는 말이 있다.
- 너무 따지다 진짜 만난다. 조심해라!

자기가 사랑을 하면 로맨스이지만
다른 사람이 사랑하면 무조건 불륜이라고 한다.

잘생기면 인물값 하지만 못생기면 꼴값한다.

사랑할 때 가장 조심해야 할 사자성어는?
동상이몽 하면 끝장이다.

하루에도 몇 번씩
사랑받고 있음을 확인하고 싶다면,

그것은 상대가 아닌
자기 스스로가 흔들리고 있기 때문이다.

이효리가 말했던!
멋진 남자를 만나는 게 아니라
나를 멋지게 만들어 주는 사람을 만나야 한다.
남자가 수줍음을 타면 여자가 리드하는 경우가 많다.

사랑은?
내가 너를 좋아하면 네가 좋은 게 아니라 내가 좋은 것~.

못생긴 나무가 산을 지킨다.
잘생긴 나무는 먼저 베여 목재로 쓰이기 때문이다.
진짜 고수는 외면으로 보여주지 않고 매력으로 보여준다.

사랑에서 밀당의 뜻은?
좋아도 참는 것이다.

그 사람과 관계가 완전히 깨져도
그 사람을 나쁘게 이야기하지 않는 게,
진정으로 사랑을 했다는 증거이다.

사랑은 무엇을 해주는 것도 중요하지만,
같이 있어 주는 게 더 중요하다.

나쁜 사람, 남에게 피해 주는 사람.
나쁜 놈, 사랑으로 장난치는 놈.

음란한 생각이 나도 밥 세 끼를 굶게 되면,
이쁜 얼굴도 돼지머리로 보인다.

남편이 술 먹고 실수하는 것, 이해해주어라.

불편한 자리나 직장 상사나 어려운 선배랑 술을 먹을 때는
아무리 먹어도 취하지 않지만,
편한 아내를 볼 때는 긴장이 풀려 필름이 끊기는 거다.

사랑에 실패했다고 하더라도 목숨까지 끊지는 말기를
단지 이번 사랑에 실패했을 뿐, 다음 사랑이 기다리고 있다.

사랑의 표현은 남이 하면 닭살 돋고,
내가 하면 새살 돋는다.

잠은 깊을수록 좋고 꿈은 야할수록 좋다.

질 좋은 야동 한 편, 열 명작 안 부럽다.

여자의 얼굴은 하나님이 설계자, 외과 의사는 시공자.

뛰면 벼룩이고 날면 파리요.
- 이성이 싫으면 어떻게 하든 싫다.

밥은 열 군데에서 먹어도

외박은 하지 마라.

요즘은 조건을 보고 결혼하는 사람이 많다.
그래서 저랑 결혼해 주시겠어요?가 아닌,

저를 구매해 주시겠습니까?이다.

눈이 가는 곳에 마음도 따라가는 법
- 남자의 본성이니 어찌하겠는가?

남녀가 헤어지지 않으려면
여자는 남자를 이해하려고 하면 되고,
남자는 여자를 이해하려 하기보다 사랑하려고 하면 된다.

스무 살 때 생각하는 착각,
지금 만나는 사람과 평생 함께할 것이라는….

이성한테 선물을 받았는데
세련되고 포장지도 화려한 명품을 받았는데도…
그런데 진심이 안 느껴지는 건 뭐지?

남녀가 만나면 2년에 한 번은 꼭 권태기가 온다.

서로 사랑한다는 것은
한쪽이 다른 쪽을 자신의 색깔로 물들이는 게 아니라
각자의 색깔을 섞어서
서로 다른 세계를 경험하고 체험하는 것이다.

남자에게 가장이란,
힘들 수밖에 없지만 뒤로 물러날 수도 없고, 주저앉을 수도 없다.

가장 소중한 것들이 집에 있는데
그동안 집 밖에서 그것들을 찾아다녔다는 사실을
자각하는 순간부터
남자는 비로소 철이 들기 시작한다.

오랫동안 기억에 남는 추억 만들기

1. 둘이 생전 처음 하는 놀이 해보기
- 둘이 처음 하는 것은 헤어져도 평생 기억에 남는다.
  예. 골프 등산 산책 여행 등

2. 함께 봉사 활동 해보기
- 남을 위해 봉사하는 모습을 통해 그 사람의 배려심과 성품을 볼 수 있다.
- 남을 돕는 데 적극적이면 여자는 누구한테도 남친의 자랑거리가 된다.
- 한 번만 봉사해도 평생 기억이 남을 것이다.

3. 밤에 별을 보며 산책하기
- 순진한 남녀에게 잘 먹힌다.

4. 가끔 손편지 써주기
- 남녀가 진심으로 좋아할 땐 최고의 감동일 것이다.

5. 서로 좋아하는 책 읽기
- 한 번 정도 도서관 함께 가보는 것도 매력 있다.
- 다툼이 적어지고 이해심이 넓어질 것이다.

6. 영화 보기
- 영화 보면서 손잡기
  주의: 계속 잡고 있으면 서로 불편하고 땀이 날 수도 있으니 잡았다 놓았다 하는
  게 좋다.

7. 상대가 좋아하는 음악 들어보기

8. 유치한 게임 하기
- 오락실 게임, 주사위 게임, 블루마블, 고스톱 치기, 바다에서 모래성 만들어보기
  *유치하지만 기억에 오래 남는다.

견딜 수 없는 사랑은 견디지 마라.

그리움을 견디고 사랑을 참아
보고 싶은 마음, 병이 된다면
그것이 어찌 사랑이겠느냐
그것이 어찌 그리움이겠느냐
참다가 병이 되고 사랑하다 죽어버린다면
그것이 사랑이겠느냐
사랑의 독이 아니겠느냐
- 강제윤

진정 사랑한 것은
헤어졌어도…
그 사랑했던 마음을 져버리지 않는 것이다.

2장

우정

친구: 누군가 돌을 던져도 아무 말 없이 돌을 같이 맞아주는 것

친구란 내 슬픔을 등에 지고 가는 자라는 뜻이다.

- 인디언 속담

진정한 친구란…
친구를 험담하지 않는다.
성공한 친구를 질투하지 않는다.
의미 없는 논쟁을 하지 않는다.
친구가 나보다 못났어도 내려다보지 않는다.

친구란…
말하지 않아도 느낄 수 있는 게 친구고,
멀리 떨어져 있어도 생각나는 게 친구이고,
함께 있어도 어색하지 않은 게 친구이다.

친구.
필요할 때만 찾는다는 말 쉽게 하지 마라.
필요할 때 서로 도와주려고 맺는 관계일 수도 있다.
모든 관계를 하나하나 따지고 보면,
필요로 맺어지는 관계이다.
누군가 나를 필요로 한다는 게 얼마나 멋진가?

세월이 흐를수록,
친구가 점점 줄어드는 걸 느낄 수 있다.
근데
**세월이 흐를수록
우정이 더 깊어지는 친구 또한 생긴다.**

결혼한 친구는 반만 친구다.

- 스웨덴 속담

보지 못한다고 해도 우정은 끊어지지 않는다.

친구가 똑같이 나누자면서 10에서 절반이라고,
내 손에 쥐여준 것은 알고 보니 6이었다….

사람은
그가 사귀고 있는 친구로 평가된다.

친구는 세 부류가 있다.

첫째는 음식 같아서 <u>매일 필요한 친구</u>가 있고,
둘째는 약과 같아서 <u>가끔 필요한 친구</u>가 있고,
셋째는 병과 같아서 <u>매일 피해 다녀야 하는 친구</u>가 있다.

30대일 때 친구 사이가 점차 멀어지는 것은 자연스러운 것이다.
각자 살기 바빠서 만남도 잦아지고,
결혼도 하기 때문에 가정에 치중한다.

친구가 예전 같지 않다고 변했다는 생각이 들면,
아직 청소년 때 생각을 갖고, 그 시절에 젖어 있는 것이다.

- 청소년기에는 부모한테 하지 못하는 이야기를
친구들한테 터놓고 이야기하고,
부모보다 친구한테 더 의지하기 때문이다.

- 친구가 변한 게 아니고
본인이 아직 청소년 시기를 버리지 못했기 때문이다.

세상 사람들이 내게 다 등을 돌려도
끝끝내 내 편이 되고야 마는 친구.
세상 사람들이 내게 돌을 던지면
같이 돌을 맞아 줄 친구.
어쩌면 단 한 사람밖에 없을지 몰라도
그런 친구가 곁에 있어
나는 행복하다.

친구가 미워질 때…
내 마음에 안 든다고 미워졌구나.
같이 있어 달라고 했는데 같이 있어주지 못해서
내가 원망하는구나.

오랜 친구는 큰 과오가 없는 이상 버려서는 안 된다.

빈곤하고 어려울 때 사귄 친구는
언제까지나 잊어서는 안 된다.

우정이란 씨앗을 뿌리면 친구로 수확한다.

허물 없이 친한 사이도
지켜야 할 예의를 어기지 않는다면 평생 곁에 있을 것이다.

자기 합리화와 자기 위선은 거짓이라 해도 좋다.
최소한 친구를 거짓으로 낮추고,
자기만 포장으로 치켜 세우는 사람이 되면 안 된다.

친구에는 내가 좋아하는 친구와 나를 좋아하는 친구가 있다.
나를 좋아하는 친구보다 내가 좋아하는 친구를 찾아가는 법.
왠지, 이기적이고 슬프다는 생각이 든다.

친구가 아무 이유 없이 갑자기 그때 왜 그랬어? 하고 물으면
환장하고 미칠 노릇이다.
난 네가 아닌데 네 마음은 내 마음이 아닌데,
난 네가 이야기도 하지 않고 표현하지도 않으면 몰라!
그냥 알아서 알아주겠지… 그거 네 욕심인 거 알어?

친구 사이에 간격을 만들기 위해서 장난도 좋지만
가끔은 침묵도 필요하다.

함부로 우정을 시험해 보지 말라.

- 인디언 격언
- 우정을 스스로 저버리는 것이다.

우정이 깨지는 세 가지
- 친구 비판하기
- 친구한테 변명하기
- 친구한테 발뺌하기

삶이 내게 주어진 인연을 불평하기보다
삶이 내게 주어진 인연을 소중히 여기는 사람이
진정한 친구를 만든다.

오랜 친구와 다투어 보지 않는 건, 안 보고 사는 여인 같다.
- 김태원

친구가 힘들 때 버리는 것은 도리가 아니다.

**다른 친구한테 상처받고 아파할 시간에,
가까운 친구한테 위로받고 소주 한잔해라.**

본인은 강한 사람이 아닌데….
모든 것이 들통나 버릴까 봐,
내가 그리 대단한 사람은 아니라는 게 들통나 버릴까 봐,
그 모습을 친구한테 보여줘서 실망할까 봐 두려워서,
자신의 모습을 감추고 있진 않은가?

좋은 친구 관계는 깨어지기 쉬운 것이니,
귀중한 도자기처럼 소중히 다루어야 한다.

친구란?
힘들 때 놀리는 새끼다.

3장

행복

행복: 인간에게 있어서 최고의 목표는 행복이다.

행복이란…
아프지 않게 사는 것이다.

행복이란…
나와 다른 사람을 비교하지 않는 것이다.

행복이란…
어느 정도 부자나 중요한 사람이 되어 경제적인 여유를 누리거나,
사회적 지위가 높을 때 사람은 행복을 느낀다.

행복이란…
사랑하는 사람이나 좋아하는 사람과 같이 있을 때 행복을 느낀다.
(가족, 연인, 친구 등)

행복이란…
불행한 사람과 헤어지고 만나지 않을 때 행복을 느낀다.

행복이란…
자신이 다른 사람들에게 쓸모가 있다고 느낄 때 행복을 느낀다.

행복이란…
행복의 가장 무서운 적은 서로 경쟁하는 것이다.

비어 있는 물병에 어떤 사람은
반이나 채워져 있구나 하고 만족하는 사람과
반이 비어 있구나 하고 실망하는 사람처럼

보는 시각에 따라 행복의 차이가 있다.

가난한 삶을 사는데도 불행해 보이지 않을 수 있고,
부자인데도 부럽지 않은 사람도 있다.

아픈데 계속 참고 병원이나 약도 먹지 않고 버티면 행복은 떠나간다.

크게 아프고 난 뒤 사람들은
무심했던 숟가락질 하나에서도 신비와 경이로움을 느낀다.
고통을 겪고 난 뒤에 바라보는 세상은 아름답고,
몸이 아프지 않은 것이 얼마나 큰 행복인지 느끼게 된다.

건강할 때 건강의 고마움을 모른다는 것은 불행한 일이다.   -『채근담』

몸이 아프거나 병이 들면 병원비도 많이 나오지만,
시간도 낭비하게 된다.
그러므로 건강할 때 지키자….
행복의 1순위는 바로 건강이다.

내게는 아무것도 아닌 하루,
다른 누구에게는 생애 마지막 소원일 수도 있다.
암 환자의 크리스마스 때 소원은 하루라도 더 사는 것이고,
그 하루라도 가족과 함께 여행하는 것이다.

당신에게 주어진 그 건강한 시간들을 결코 헛되이 보내지 마라.
당신의 남은 생이 단 1년뿐이라 가정해보자.
과연 어떤 일이 벌어지겠는가?
바로 그 일을 건강한 지금 해보도록 하자.

인간의 행복은 건강에 의해 좌우되며, 건강하기만 하다면 모든 일은 즐
거움과 행복의 원천이 된다.   - 아르투어 쇼펜하우어

좋은 날을 보내는 것보다
의미있는 날을 보내라.

행복을 보고도 놓쳐버리는 여러 방법 중에
가장 끔찍한 방법은,
행복을 누리면서도 바보같이 믿지 않는 것이다.

- 아르투르 슈니츨러

어느 유명한 코미디언이
시한부 인생인 3개월밖에 살 수 없다는 통보를 받았다.
그는 자기 전 재산을 기부하고 남은 돈으로
3개월간 해보지 못한 것들을 하면서 지내다가
오진이었다는 진단을 받았다.
그는 뛸 듯이 기뻐했고 돈이 아깝지 않냐는 질문에
'3개월 동안 해보고 싶은 거 후회 없이 했기 때문에
내일 당장 죽어도 후회가 없다'라고 이야기했다.
만약 시한부 인생 통보를 받지 않았으면 반복되는 생활과
해보고 싶은데 '시간이 없다'라는 핑계로 계속 미루었을 것이다.

행복은 왕궁에만 있는 게 아니라, 오두막집에도 있다.

행복하다고 느끼는 감정이 두 가지가 있다.
1. 내가 좋아하는 일을 할 때 행복함을 느끼고,
내 방향대로 움직일 때 행복을 느낀다.
2. 불행한 일이 찾아와서 먼저 고통과 슬픈 감정을 느끼고 난 후
그것을 극복하고 나면,
행복에 고마움이란 감정을 알게 되고 느끼게 된다.

무엇이든지 긍정적으로 생각하면 나부터 행복해진다.
선물을 받을 때는 고맙고 감사하게 받아주어야!
선물해준 사람한테 보답하는 것이다.

누군가가 선물을 주었을 때, 고맙게 받아들여야!
선물을 받고 기뻐하는 모습이,
선물을 주는 상대에게 내가 주는 선물일 수도 있다.

행복한 삶을 방해하는 것들

1. 상대방 마음 분석하고 미리 짐작하기
2. 모든 것을 상대방 탓하기
3. 다른 사람과 비교하기
4. 일어나지도 않은 일을 추측하기
5. 완벽하지 않아서 자신 괴롭히기

성공은 행복의 한 요소가 될 수 있다.
그러나 성공하기 위해 가족, 친구, 사랑하는 사람을 희생한다면
성공의 대가를 너무 값비싸게 치르는 것이다.
- B. 허셀

사랑하는 것은 사랑을 받느니보다 행복하나니라.
오늘도 나는 너에게 편지를 쓰나니,
그리운 이여 그러면 안녕!
설령 이것이 이 세상 마지막 인사가 될지라도
사랑하였으므로 나는 진정 행복하였노라.

- 「행복」, 유치환

행복을 즐겨야 할 시간은 바로 지금이고,
행복을 즐겨야 할 장소 또한 지금이다.

행복은 일상의 소소함에 있는데, 그것이 행복인 줄 모르면
인생은 언제나 우울하고 쓸쓸하게 살아갈 것이다.

남과 나를 비교하면 불행해진다.
행복을 위한 비교는 오직 어제의 나와 오늘의 내가
얼마나 달라지고 행복해졌는지 비교하는 것이다.

공부만 열심히 해서 1등 했는데도
1등 한 친구를 이유 없이 미워하는 사람이 있듯이
알지도 못하는 관계인데도 잘나간다는 이유만으로
미워하는 사람이 있다.

어떤 사람은 자기는 늘 불행하다고 자탄한다.
행복은 자신의 마음으로 만드는 것이다.
이것은 자신이 행복함을 깨닫지 못하기 때문이다.
행복이란 누가 주는 것이 아니라 스스로 찾는 것이다.
- 도스토예프스키

행복하지 않으면 인생은 길다고 생각한다.

삶은 소유물이 아니다.
순간순간의 있음이다.
영원한 것이 어디 있는가?
모두가 한때일 뿐.
그러나 그 한때 그 시간을 느끼면서 만끽하며 살아야 한다.

그르친 어제의 일 때문에 오늘의 내가 풀 죽어 있으면,
내일의 나도 한심해진다.
어제는 어제, 오늘은 오늘,
이 순간의 나는 그저 이 순간의 나일 뿐,
나는 매 순간 새로 태어날 수 있고,
시간마다 새로운 것을 만끽하면서 행복하게 살 수 있는 사람이다.

삶의 목표를 성공이 아닌 행복으로 바꿔 보자.

가족 신문을 만드는 시간
아이들이 저마다 가족사진을 한 장씩 갖고 왔다.
한 아이가 갖고 온 사진에 이렇게 씌어 있었다.

우리 가족이 가난하다고 해서
행복하지 않은 것은 아닙니다.

가족의 행복을 우선시하는 선택은,
최선은 아닐지라도, 최소한 후회는 하지 않는다.

그립다는 말은, 내 안에 네가 가득 차 있다는 말이다.
그때가 혹 이별한 후일지라도,
내 속에 그대로 네가 남아 있다는 뜻이고,
그 슬픔조차 나를 설레게 한다는 의미이다.
그러니 그리워할 수 있다는 것은, 그리워할 대상이 있다는 것은,
얼마나 행복한 일인가.

그 사람, 그때, 그곳, 그 느낌, 그 향기가 내 마음에 깊이 스며들었다면,
애써 지우려 하지 않았으면 한다.
그냥 마음껏 그리워하도록 내버려두었으면 한다.
아름다운 내 삶의 일부분이니까.

10년 더 사는 게 꼭 잘사는 건 아니다.
자기가 하고 싶은 대로 살다가 5년 만에 죽는 게,
오히려 더 행복할 수 있다.

덜 가지면 덜 쓰게 되고, 덜 쓰면 덜 벌어도 되고 덜 복잡하니,
단순해지면 아름다움이나 행복이 찾아온다.
소박하게 살겠다고 마음을 먹으면 마음에 여유나 행복이 찾아온다.
반면에 많이 먹고 많이 쓰겠다고 마음을 먹으면,
항상 부족함과 불행을 초래할 것이다.

행복한 날이 있으면 반드시 불행한 일도 일어나고,
불행한 일이 일어나면 반드시 행복한 날도 찾아온다.

슬프게 하는 사람은 가장 가까이 있는 사람이다.
나를 행복하게 만드는 사람 또한 곁에 있는 사람이다.

사랑은 하나를 주었으니 반드시 하나를 돌려받는 게 아니라,
줄 수 있는 게 하나밖에 없어 미안해하며,
다음에 더 기쁘게 해줄,
또 하나의 선물을 해줄 수 있는 방법을 고민하는 것이
사랑하는 마음이다.

인간은 시간이 가면 무엇이든 잘 적응한다.
방 안에서 아무리 심한 냄새가 나더라도,
시간이 점점 흐르면 냄새를 맡지 못한다.
그런데 행복도 마찬가지다.
지극히 행복한 일도 시간이 지나면 적응해서,
애초에 느꼈던 행복감을 더 이상 느끼지 못한다.
행복을 당연하듯 받아들이는 바보는 되지 말자.

행복은 행복하려는 노력에서 온 것임을 알고 계속 노력할 때,
행복은 내게 계속 머무를 것이다.

남이 나를 아껴주지 않는데,
내가 더 나를 아껴줘야,
내 자신이 더 행복해지고 멋있어진다.

행복을 찾아 십 년을 술래잡기하다 보니,
내 행복은 '평범한 일상'에 있다는 것을…
너무 가까이 있는데 내 행복을 멀리서 찾으려 했으니….

행복 별거 아니다.
일상에서 마주하는 아주 사소한 것에서 만족을 느끼는 것,
그것이 모여 행복이 된다.

불행하지도 않으면서 불행하다는 사람들….

아주 작은 것에도 감사하는 오늘을 살자.
그게 행복이다.

내 배경이 되어주는 사람들,
그리고 내가 기꺼이 배경이 되어줄 수 있는,
그 사람들이 있는 나 자신이 행복하다.

행복의 기준은 다 다르다.

오로지 많이 갖기 위해 더하고 곱하는 삶이 행복이라고
생각하는 사람도 있고,
가진 것이 많지 않아도 내가 아닌 누군가를 위해 빼고
나누어주는 것을 행복이라고 여기는 사람도 있다.

인생은 잔치인데, 대부분의 바보들은 굶어 죽어간다.

- '바보'란 우리의 삶에는 알고 보면 먹을 것도 많고 즐길 거리도 많은데,
  그 맛을 느끼지 못하고 신세만 한탄하며 사는 사람들을 일컫는 말.

부모가 자식에게 남겨줄 수 있는 최고의 기억은…
부모가 정말로 행복하고 즐거운 삶을 살았다는 것이다.

좋아하는 사람과 있으면,
특별히 무언가를 하지 않아도 함께 있는 것 자체가 행복이다.

멀리 있는 사람이나 가끔 보는 사람을 사랑하는 건 쉽다.
그러나 가까이 있는 사람들을 사랑하기란 어렵다.

나를 더 많이 사랑하고 행복해지는 법.
- 하고 싶은 일에 미칠 것.
- 한 달에 한 번은 나를 위한 여행을 떠날 것.
- 자신감, 확신을 갖고 살기 위해 자기계발서나 필요한 책 읽기.
- 하루에 한 시간 유산소 운동을 할 것.

반찬 없는 밥을 먹고, 물 마시고 팔을 베게 삼아 누워 잘지라도,
즐거움이 그 가운데 있는 법이다.
- 공자

가난하건 부자건 누구나 알지 못하는 행복이 있다.

행복을 원하는 대부분이 오히려 자신의 불행을 이야기한다.
남들처럼 가지지 못한, 풍요롭지 못한 처지를 탓하며,
자신을 불행한 사람이라고 여긴다.
그러나 아무리 가지지 못했다 하더라도,
대부분의 사람들은 백 년 전 높은 벼슬에 있던 사람들이 누리던,
물질적 풍요로움 속에 분명히 살고 있다.

지금 당신은 소유하지 못해서 불행한 것이 아니라,
소유했으면서도 모르고 있기 때문에 불행한 것이다.

합격은 행복하고 공부는 괴롭다는 말이 있다.
- 산에 오르는 건 괴롭고 산꼭대기에 올라서 내려다보는 건 즐겁다.

인생에서 도움을 받는 순간을 만나면,
도움을 주는 순간도 있다는 것을…

너무 편한 것, 너무 쉬운 것을 찾지 말고 때로는 땀 흘려 일한,
노동의 수고로움 후에 오는 시원한 물 한잔이 만족을 주는 것처럼…
때로는 힘든 일을 하고 나서야 쉬운 일의 소중함도 알게 된다.

충분히 갖고 있다고 느끼는 사람이 부자다.
부족하게 가지고 있어도
항상 부족하지 않다고 생각하는 사람이 부자다.
- 티베트의 속담

사람은 각자 주어진 본분에 따라 감사하게 받아들일 때
행복이 주어진다.

성공했다고 해서 반드시 행복한 것도 아니고,
실패해도 반드시 불행한 것도 아니다.

스무 살 이후에는 성공을 향해 미친 듯이 달리지만,
서른 이후에는 행복을 향해 느리게 걸어야
인생을 배울 수 있다.

행복에서 가장 중요한 것은 내 분수에 맞는 '적당함'이다.
그리고 무엇보다도 나를 행복하게 만드는 사람은 나 자신이며,
내가 누구이며 무엇을 해야 하는가를 정확히 알면서,
적당한 일, 돈, 건강, 명예, 사랑을
노력해서 가질 때, 삶의 최고 가치인 행복의 주인공이 된다.

돈 많은 부자라도 누리면서 즐길 줄 모르면,
돈 없는 거지와 무슨 차이가 있나?

4장

여행

여행: 일탈의 즐거움

여행 - 여유는 낭비가 아니다.

지친 나를 치유하는 방법은 여행이다.

내 안에 내면의 소리를 들을 수 있고,
진정한 나를 만나는 순간이 혼자 여행하는 시간이다.

여행에서 잠시 멈추는 시간은 쓸모없는 시간이 아니다.

여행을 떠나려고 해도 실천이 되지 않는다.
미루고, 미루기 위해 명분이 될 다른 일을 만들고,
지금은 때가 아니라고 핑계를 댄다.

**여행의 의미는 목적지가 아닌,
순간순간에 있다.**

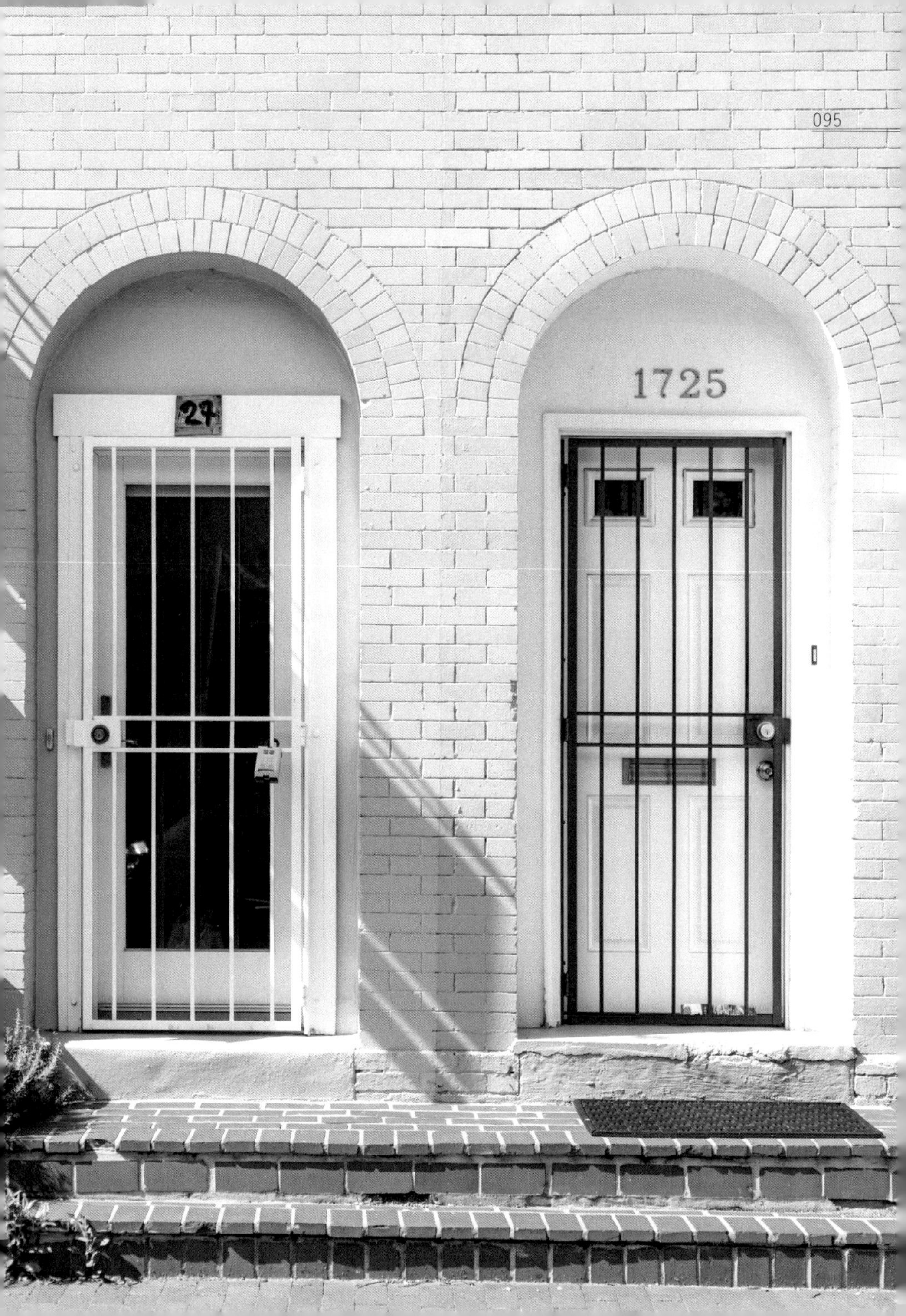
27
1725

휴가: 시간에 얽매이지 않는 것

음악에 쉼표가 있듯이 사람도 쉬면서 삶을 살아야 한다.

스펙 쌓기 말고,
평생 기억될 추억 쌓기.

여행지에 도착하기 전에 가슴 설렘과 떨림보다,
도착 후 그곳을 직접 보았을 때 더 큰 전율을 느낄 것이다.

당신이 만나보지 못했던 아름다운 사람들이 기다리고 있다.
우연과 운명 같은 인연을 만들기 위해 여행을 떠나라.

여행지로부터 돌아와서는, 누구도 대체할 수 없는,
당신 삶의 주인공이 될 것이다.
그러니 지금 울고 있다면 잠깐만 울고 지금 절망하고 괴롭다면,
모두 다 버리고 여행을 한 번 떠나 보는 건 어떨까?

다시는 돌아갈 수 없는 어제의 그곳, 지금은 갈 수 없는,
내일의 그곳으로 가서 후회를 되새기고 미리 두려워한다.
두려움을 느낀다면, 잠깐 여행을 떠나기를 추천한다.
여행하는 내내 내 발이 닿아 있는 현실에 온전히 머무르기,
휴식하기, 힘을 얻기, 여행이기에 가능한 일이다.

그냥 상자와 보물 상자의 차이는
그 상자를 열어보았는가 그렇지 않은가에 달려 있다.
열어보지 않은 보물 상자는 단지 상자일 뿐이고,
내게 보물이 주어지지 않은 것이 아니라
다만 내 앞에 놓인 수많은 보물 상자들을
열어보지 않은 것일 수도 있다.

- 여행과 모험을 하자.

여행은 자유 여행을 추천한다.
패키지 여행은 정해진 여행, 구속된 여행이지만,
자유 여행은 구속받지 않고 그 시간에 천천히 머무를 수 있으며,
내 마음이 내키는 대로 가는 일탈의 스릴 여행이다.

**인생에서 10년 이상을 더 살 수 있는 방법이 있다.
자녀에게 물려 줄 유산으로 여행을 다니는 것이다.**
대체로 한국은 유일하게 자녀에게 유산을 물려준다.
해외 여행을 직접 해본 결과 그러하다.
자녀가 힘든 시기를 겪으면 더 많이 성숙해지고 더 단단해진다.
우리는 모두 아프면서 성숙하는 법이다.
사랑이란 또한 놓아주는 것이기도 하기에,
자녀 인생은 자기의 인생 몫이기에 지켜봐 주는 것이다.

여행이 좋은 건 눈으로 보고 머리로 생각해야 하는 생활과 달리,
그저 가슴으로 느끼면 되는 일탈의 편안함 때문이 아닌가 싶다.

서른을 넘어서면서 혼자 있는 시간이 많아진다.
친구도 하나둘 가정을 이루고, 그러다 보니 혼자 있는 시간이 많다.
혼자 여행 다니며 나를 찾고 내 인생을 들여다보는,
나와 나 자신이 좀 더 가까워지는 시기인 것 같다.

스물네 시간은 공평하게 누구에게나 주어지는데,
여행을 가서 만끽하는 삶을 사는 사람과,
여행을 가지 않고 추억거리조차 없이
생을 마감하며 후회하는 사람도 있다.

시간이 없어서 여행을 못 간다고 핑계 대지 마라.
날마다 당신에게 주어지는 시간은,
단 1초의 오차 없이 모든 사람에게 공평하게 주어지니까.

이 세상에 태어나 단 한 번도 넓고 넓은 세상에,
한 번도 가보지 못하고 후회하면서 사는 사람이 있을 테고,
수없이 노력해서 여행을 떠나고 멋지게 사는 사람도 있을 것이다.

인생은 한 번뿐이고, 모처럼 인간의 몸으로 태어난 것도 행운인데,
잠만 자고, 일만 하고, 여행을 떠나지 않으면,
우린 태어난 의미가 없는 영혼이다.

여행 중 어딘가 낯선 곳에 갔을 경우,
그곳에 대한 기억은 나중에 오랜 시간이 흘러도 남는다.

둘이 떠나면 여행
혼자 떠나면 고행

- 둘이 떠나면 서로 의지하면서 즐겁고 재미있는 여행이 되겠지만,
혼자 떠나면 힘들고 외롭더래도 내면이 쌓이는 시간이다.

여행 중 정말 운 좋게도 한참을 앉아 있다가,
'거리의 악사'를 만났다거나,
그 나라의 축제를 만났다거나,
그것도 모자라
저녁 무렵 맥주 한 잔을 마시다가,
말이 통하는 친구를 만나게 되었을 땐,
100점의 여행지이다.

세상에는
혼자 볼 풍경이 있고,
둘이 볼 풍경이 있다.

여행을 누군가 못 가게 하는 것 같다.
그것이 다른 사람들이 아닌 '나'인 것 같다.

여행 중 낯익은 풍경 속에서 작은 변화를 찾으면 눈이 즐겁다.
- 시골

나는 죽어서도 히말라야 등반했던 나 자신의 영상을 보며
머릿속으로 신나게 등반할 것이다.
- 히말라야 어느 등반가

먹는 게 남는 거라 하지만, 여행은 값진 추억을 남긴다.

가까운 길은 편히 가려면 혼자 가야 하고
먼 길은 편히 가려면 함께 가야 한다.

한번 사는 인생, 무언가를 위해 모험해보는 것도 좋다.

한국에만 있으면 한국만 보일 것이고,
세계를 보면 전체가 보일 것이다.

여행과 사랑은 닮은 점이 있다.
지난 여행이 좋았건 싫었건,
일상으로 돌아오는 순간 우리는 또다시 여행을 꿈꾼다.
-『나는 다만 조금 느릴 뿐이다』

여행 목적지에 도착하고 이동하는 순간에도
이 아름다운 순간을 만끽하지 못하고 있는 나 자신을 봤을 때
가장 후회스럽다.
몸은 여행을 떠났는데도 불구하고, 마음은 다른 곳에 가 있기 때문이다.

여행하면서 한국에 있는 일 또는 사업 때문에
마음이 다른 곳에 가 있지 않은가?

박차고 떠날 준비가 되어 있는 사람만이 새로운 경험을 할 것이다.

여행은 목적지가 아닌 여행 그 자체다.

성공이 목적지라고 생각하지 않는다.
성공이란 여정 같은 것이다.

통장에 얼마나 있느냐가 성공의 척도가 아닌,
가슴에 얼마나 있는지,
머리에 얼마나 추억이 남아 있는지다.
유형이 아닌 무형의 것으로 따질 수 있다.

- 폴 포츠

만일 여행을 시도조차 제대로 하지 않았다면 당신은 실망할 것이다.
어떤 감정과 여운이 남는지 그 맛을 느껴보지도 못하고,
생을 마감하는 날 큰 후회가 밀려올 것이다.

철학자, 위인, 군자들은 공통점이 있다. 여행을 자주 다닌다는 것.
보이는 것만 보고 사는 사람과
보이지 않는 것을 보고 사는 사람의 생각 차이는 천지 차이다.

인생은 모두가 함께하는 여행이다.
매일매일 사는 동안, 우리가 할 수 있는 최선을 다해,
이 멋진 여행을 만끽해보자.

여행에서 속도를 줄이면
새로운 것이 보이기 시작한다.
인생 또한 속도를 줄이면
그동안 보이지 않았던 행복, 기쁨, 즐거움들이
보이기 시작할 것이다.

시간은 상대적이다.
짧은 시간이 영원히 기억에 남을 수 있고…
긴 시간 동안 별 특별한 기억이 나지 않을 수도 있다.

돈이 많으면 이번이 기회라고
바쁘다는 핑계로 여행을 떠나지 못하면서,
밤에 술 먹고 돌아다니고…
돈이 없으면 내 코가 석자라는 핑계로 여행을 떠나지 못하면서
밤에 술 먹고 잠만 자고…

떠나고 싶다고 왜 꿈만 꾸고 있지?
있으면 있는 대로, 없으면 없는 대로
여행을 떠나면 되지.
여행은 돌아와 일상 속에서
더 잘살기 위한 풍요로운 사치다.

안생은 지워지지 않은
단 한 번의 추억여행이다.

5장

화

화: 화는 상대도 다치지만, 나도 다치는 것

화는 문제 해결하는 데 별 도움이 되지 않는다.

아무리 서운해도 마지막 말은 하지 마라.

화는 저항하면 커지지만 토닥거리면 사라진다.

화라는 것은 참으면, 시간이 흐르고 난 뒤 잘 참았다 생각한다.

사소한 이유로 화를 낸다면, 인성의 가벼움을 드러내는 것이다.

화를 다스릴 줄 아는 사람은 고수이다.

고개를 숙이면 부딪치는 법이 없다.

화를 내기 전에 한 번 더 생각하자.

자기 약점이 드러날 때 자기도 모르게 화를 낸다.

말도 칼처럼 심장을 찌를 수 있다.

모든 시비는 말 많은 데서 생긴다.

술잔과 입술 사이에는 많은 실수가 있다.

화가 나 있는 1분마다
그대는 60초간의 행복을 잃는다.

옳고 그름을 이야기하다가
먼저 화내면
그 사람이 진 것입니다.

고수가 하수에게 겸손을 보이면,
하수는 고수가 자기와 맞수인 줄 알고
화를 내고 덤빕니다.
승부는 겨루어보기도 전에 이미 끝난 겁니다.

칭찬 뒤에 비판하는 것이 비판 뒤에 칭찬하는 것보다 낫다.
- 공자

부처님 말씀에 분한 마음을 일으키면
원한을 맺게 된다는 말이 있다.
분노심이 일어나면 남의 의견을 경청할 수 없게 되고
자기주장만을 내세우기 때문에 싸움을 일으킨다.
싸움은 이익도 없고 즐거운 일도 아니다.

열 받거나 화났을 땐 꼭 한 템포 정도 있다가 말한다.

누군가를 화를 내어 벼랑 끝으로 몰면
몰린 사람뿐 아니라,
모는 사람도 벼랑 끝에
있다는 사실을 명심하라.

작은 것을 참지 못하고 화를 내면 큰일을 그르친다.

화는 간을 상하게 한다.
- 술 마시고 싶으면 화내지 마라.

길을 걷다가 돌이나 턱에 넘어졌을 때
돌에게 화를 내는 사람은 없다.
본인을 화나게 한 사람을 돌이라고 생각하면 별일 아니다.
화가 나게 하면 돌이라고 생각하자.

화….
중독성이 강하다.
후회와 비례한다.
다 된 밥에 재 뿌린다.
상대방에게 100% 상처 준다.
당사자는 정당하다고 주장하지만,
다른 사람 눈에는 재수 없다.

화를 내는 행위….
화를 낸 이유가 오해에서 비롯될 때
화풀이 대상이 되어서는 안 될 사람에게 화를 내고,
홧김에 내뱉은 말이 치명적인 대사가 될 때,
결국 다시는 회복될 수 없는 관계가 될 수 있다.

대부분 원수는 가족이나 형제 가까운 측근에서 비롯된다.
서로 기대하는 게 많아서 오히려 기대에 못 미칠 때 미워하게 된다.
남하고 원수 되는 경우는 극히 드물다.

상대가 이유 없이 비난을 할 때는 화를 내기보다는 왜 비난을 했는지
일단 들어보고 오래 귀 기울여 들어주는 편이 좋다.
그래야 해답을 찾는다.
자주 짜증 내지 않는 일회성이라면
상대에게 좀 더 주목해주고 공감해주는 편이 낫다.
그래야 나에게도 발전이 있다.

상대의 감정을 들어줄 때
내 감정 역시 상대에게 전할 기회가 주어진다.

남의 고통을 이해할 수 있는 건 아니지만
적어도 고통을 느껴본 적이 있어야만
고통받는 사람에게 공감할 수 있다.

남에게 필요 이상으로 비난을 가하기보다는
내게도 어두운 부분, 인정하고 싶지 않은 부분이 있음을 인정하자.

나를 괴롭히는 사람에게도, 그를 괴롭히는 누군가가 있다.
- 어쩌면 당신이 당하는 괴로움 그 이상일 수도 있다.

기분 나쁜 욕이나 기분 나쁜 말을 듣지 않고 지나칠 땐
그 사람한테 돌아간다.

상대가 잘못했을 때는 화를 내기보다는
상대가 미안하도록 히 는 편이 훨씬 낫다.
다그치고 화를 내면 듣고는 있겠지만,
이미 상대는 더 이상 미안해하지 않는다.
왜냐… 내 화를 다 받아주었으니까….

자기 땀은 더럽지 않지만 남의 땀은 만지고 싶지 않다.
그렇듯 남의 짜증은 받아주기가 어렵다.

만약 화가 났다면
'아 내가 왜 화를 냈을까?' 하고 자책하는 것이 아니라,
'내가 화가 났구나' 알아차리고
'다음부터는 화를 안 내야지' 하는 것입니다.

- 법륜 스님의 『희망 편지』

외면이 강한 사람은 화를 잘 내고 힘을 쓰려고 한다.
그러나 내면이 강한 사람은
감정에 휘말리지 않으며 폭력을 쓰지 않고,
자신을 통제할 줄 아는 사람이다.

분노를 뒤집으면 연민이 된다.
분노는 나의 이익과 나의 입장에서 생각하는 것이고,
연민은 그 사람의 처지와 그 사람의 입장에서 생각하는 것이다.

내가 다른 이에게 행한 악행.
다른 이가 나에게 행한 선행.
이것만 기억한다면
우리의 삶은 근본적으로 바뀔 것이다.
- 달라이 라마

누군가 나의 잘못을 지적하면
불끈 화를 내지 말고 들어보라.
잘 보았다. 인정하라.
누가 나의 잘못된 부분을 이야기해주는 것은 정말 좋은 일이다.
그래야 개선되고 앞으로 그런 행동이 반복되지 않아
좋은 사람으로 발전하는 것이다.

동이 터오는 아침, 두 손 모아 기도한다.
'오늘 하루' 남 해칠 마음 내지 않고
비록 화가 머리끝까지 나더라도
막말하지 않으며, 남의 흠이나 약점이나 단점 들추지 않아서,

**오늘 하루도
남에게 피해 주지 않은 좋은 하루였다.**

화를 자주 내는 사람들!
이것 하나만은 알아두어라.
상대가 정말로 잘못해서
아무 말도 않는 사람도 있겠지만
더 이상의 싸움이나 논쟁을 하지 않기 위해
감정을 억누르며 참는 사람들 또한 있다는 사실을….

조금 손해 본다고 생각하면서 살면
화병이나 다툴 일이 없어, 마음고생 할 일이 없어진다.
사람은 원래 모든 문제의 기준을 자기 관점에서 생각하기 때문에
상대에게 잘해 준 것과 서운한 것만을 우선적으로 생각한다.

내가 사람에게 함부로 대했던 시절이 분명 있었기에
당함으로써 배운다는 말이 있다.
- 함부로 대하는 사람들은 당해 봐야 그 고통을 알고 스스로 반성한다.
  타인에게 의존하거나 타인을 이용하려 하지 않는 것이 사랑이다.
  상대를 수단으로 이용하려 할 때 미움과 다툼이 일어난다.

감정을 안으로 꾹꾹 눌러둔 채
계속 누군가를 미워하고 속마음을 이야기하지 않으면,
서로의 오해를 절대 풀지 못하고 감정은 점점 쌓일 것이다.

바보와 죽은 사람은 자기 의견을 결코 바꾸지 않는다는 말이 있다.
- 고집이 셀수록 주위에 사람이 없다.
  또는 고집 때문에 가까운 사람이나 또는 가족에게
  상처를 주지는 않는지 생각해 보자.

배신감이란 자기의 뜻대로 되지 않는 누군가의 원망이다.

달라이 라마는 "나의 적이 나의 스승이다"라고 하셨는데
싫은 사람과 함께 일도 해보고 좋아하는 사람과 떨어져도 봐야
소중함을 일깨우는 데 큰 도움이 된다.

나와 견해가 다른 사람을 만나는 것은,
또 다른 세상에 대해 한쪽 눈을 새로 뜰 수 있는
절호의 기회일 수도 있다.

다툼이나 갈등을 일으키지 않으려면
모든 갈등은 나라는 데에서 생겨난다는 것을 알아야 한다.
그래서 스님은
'내가 없으면 문제도 없다'라고 했던 것이다.
너와 내가 상대적 개념이 아닌
모든 것이 다 나이거나 모든 것이 다 너이면,
세상은 싸울 일이 없다.

누군가를 만나 할 말이 없어지면,
다른 이의 뒷담화를 이야기하고 열중하면서 열변을 토한다.
의미 있지도 않은 말을 하며
시간을 죽이는 뒷말은,
시간과 함께 다시 자신에게로 돌아온다.

상대방보다 내가 못났다고 생각될 때
본능적으로 진실성 없는 이야기로 자신의 우월감을 과시한다.
결국 진실은 수면에 떠오르게 되어 있다.

글 속에 글이 있고, 말 속에 말이 있다.
- 속담

말과 글에는 숨어 있는 뜻이 무궁무진해서
함부로 단정 짓고 이야기하지 말자.

눈에는 눈, 이에는 이.
그 방법대로 살다가는 이 세상 사람들 다 장님 될 거다.

언젠가는 같이 없어질 동시대 사람으로서 서로 미워하고 증오하고,
그럴 필요 있나? 앞으로 살아갈 날 길지 않다….

6장

인생

인생: 괴로운 일과 좋은 일이 반복되는 것

선현들의 말: 책 속에 길이 있다.

책을 읽기 전이나 읽은 후나 똑같으면
그 사람은 책을 읽지 않은 것이다.

위인이나 직위가 높은 분을 만날 순 없어도
책을 통해 그 사람의 내심을 알 수 있다.

책은 가장 짧은 시간에 여러 인생을 살아보게 만드는 장점이 있다.
책 한 권은 또 하나의 인생이다.

내가 무식해도 책은 비웃지 않는다.

승진하기 위해 승진에 관련된 책만 보는 사람은
달릴 줄만 알고 쉴 줄은 모르는 사람이다.

사람의 가치는 남으로써 측정되면 안 된다.

성공이냐 실패냐보다는 그 과정에서
내가 무엇을 보고 느끼고 배웠는지가 더 중요하다.

세 번 넘어졌든 열 번 넘어졌든 그 횟수는 중요하지 않다.
조금씩 조금씩 내가 얼마나 앞으로 나아가고 있는지가 중요하다.

가끔은 내가 옳다고 생각하는 것도 내려놓을 줄 알아야 한다.
어쩌면 인생이란, 처음의 자리로 다시 돌아가는 여정인지 모른다.

인생에서 남에게 피해를 주지 않는 선에서 때로는 거짓말도 필요하다.

어느 시대건 소극적인 사람이 큰 인물이 된 사례는 없다.

흔적을 남기는 삶을 산 사람이 인생을 잘 산 거다.

사실 어떤 사람이 원래부터 나쁘거나 좋거나 하는 건 없다.
그 사람과 나와의 인연이 나쁘거나 좋거나 할 뿐.
악한 사람도 나를 구해주면 좋은 사람이 되는 것이고,
선한 사람도 길을 가다 내 어깨를 치면 나쁜 사람이 되는 것이다.

남을 위한다면서 하는 거의 모든 행위는
사실 나를 위한 것임을 깨닫고,
자식이 잘되길 바라는 것도 내 방식대로 자식이 크길 바라고,
내가 먼저 행복해야 세상도 행복한 것이고,
모든 것을 자기 위주로 생각한다.

어떤 생각을 하다가 말을 만들고,
어떤 말을 하다가 행동이 되며,
반복된 행동이 습관으로 굳어지면,
그게 바로 인생이 되는 것이다.

내가 옳다고 다른 사람을 설득하려 하는 것은 결국 내 자아일 뿐,
가끔은 내가 옳다고 생각하는 것도 내려놓을 줄 알아야 한다.

집중하면 전화번호 책도 재미있다.
지금 삶이 재미가 없는 것은
내가 지금 내 삶에 집중하지 않기 때문이다.

내 인생에 그 사랑하는 사람을 구속하지 마라.
그 사람의 인생을 살도록 놓아주는 것이 진정으로 사랑한 것이다.

남에게는 친절하게 잘해주는데,
가족들이나 나의 측근들에게
나의 일부라고 생각하고 소홀히 대하면,
그건 큰 실수이다.
내 측근들이 돌아서면
그동안 쌓아놓은 것은 한 번에 무너지는 것이다.

쓰레기 청소부도 왕이 될 수 있고,
죄인도 대통령이 될 수 있으니
현재 처한 상황으로 사람을 섣불리 판단하지 말기를….

저 사람이 이상한 행동을 한다고
내 기준으로 함부로 손가락질하면 안 된다.
어쩌면 그에게 내가 알지 못하는 무언가가 있을지도 모른다.

세상에는 나이를 먹어도 하수가 있고,
나이가 어려도 고수가 있다.

하고 싶은 일과 잘할 수 있는 일을
냉정하게 구분할 줄 알아야 한다.

인간관계에서는 맞장구가 윤활유 역할을 한다.

내 편을 만들지 못할지언정 최소한 적은 만들지 마라.

아무리 힘든 일이라도, 할 수 있음에 감사하자.

인생에서 성공하고 싶다면,
성공담보다는,
실패담에서 찾길….

두려움을 이기는 방법은 부딪쳐보는 것이다.

모든 사람이 너를 사랑한다면 그게 이상한 거다.
반드시 너에게 경고를 하고 일깨워주는 원수 한 명은 있어야 한다.

하늘을 덮는 큰 나무도 모두 작은 씨앗부터 시작했다.

건방진 것과 당당한 것은 다르다.

모든 병은 마음으로부터 온다.

병의 첫 번째 치료는 그 병을 받아들이는 것부터 시작이다.

인생은 살아있는 한, 희망은 있다.

지금은 똑같은 친구이고 동료 같지만,
5년 뒤 10년 뒤에는
노는 물이 달라질 수 있다.

울지 마라. 외로우니까 사람이다.
살아간다는 것은 외로움을 견디기 위해 사는 것이다.

인생이란 가시밭길을 걸어가는 과정이기 때문에,
아무 상처 없이 살아간다는 것은 불가능하다.

운명에는 우연이 없다.
인간은 어떤 운명을 만나기 전에
벌써 제 스스로 그것을 만들고 있는 것이다.

사랑이 없는 청춘,
지혜가 없는 노년,
이 모두는 실패한 인생이다.
- 스웨덴 속담

인맥이란 남의 지식을 경청하여 습득하는 것이다.

때란 얻기는 어려우나 잃기는 쉽다.

지금 나 자신을 쓰다듬으며 고생했다 말 한마디 해주세요.
그리고 평소보다 한 시간 먼저 잠을 청하세요.
나에게 주는 선물입니다.
- 혜민 스님

무슨 대학을 나왔는지가 중요한 것이 아니라
대학 졸업 후 사회에서 어떤 삶을 살고 있는지가 더 중요하다.

우리의 삶은 특별한 삶보다 평범한 삶이 많다.

나이 드는 건 두렵지 않으나
삶의 열정이 식는 것은 두렵다.

완벽한 사람은 없습니다.
오직 자신의 부족함을 잘 아는 사람과
잘 모르는 사람만이 있을 뿐입니다.
- 혜민 스님

모른다는 것은 결코 부끄러운 일이 아니다.
그러나 자신이 모른다는 사실조차
모르고 있다는 것이 부끄러운 것이다.

아무리 부자라도
빈곤으로 허덕이는 이웃을 땡전 한 푼 도와주지 못하면,
그 사람이 가난뱅이와 무엇이 다르겠습니까.
- 이외수의 『하악하악』

반성하면 진보하고,
변명하면 퇴보한다.

깔고 앉은 자리가 사람을 만든다.

사람은 사랑을 통해서 인생을 깨닫는 것이 아니라,
이별을 통해서 인생을 깨닫는다.

인생 달리기에 1등이 있는 것이 아니라
각자 자기만의 레이스를 하는 것이다.

말이 무서운 게 세 사람이 우거대면 호랑이도 만들 수 있다.

아버지의 과거는 어머니의 입을 통해 나오는 것이다.

미운 풀이 죽으면 고운 풀도 죽는다.
아무리 미운 사람도 아예 죽기를 바라진 말자.

강자는 약자를 괴롭히라고 있는 것이 아니라
약자를 구하라고 있는 것이다.

세상에서 가장 강한 사람도
때론 약한 사람한테 도움을 청할 때도 있는 법이다.

우리는 항상 문제를 달고 산다.
문제가 해결되면 또 다른 문제가 생기는 게 인생이다.
나만 문제와 위기 속에 있는 것이 아니라
누구나 문제와 위기 속에 살아간다.
문제와 위기는 내 삶의 일부분이고 일상이다.

세 종류가 있다.
꿈만 꾸는 사람.
현실만 보는 사람.
꿈을 현실로 만드는 사람.

지금 오늘의 삶이 어제 죽어간 사람들의
그토록 간절히 소망하던 내일이라는….

남의 단점을 감싸주어야 한다.
폭로하여 알린다면 자기 단점으로 남의 단점을 비난하는 것이다.
- 『채근담』

한 아름이나 되는 큰 나무도 작은 싹에서 시작되고
구 층이나 되는 높은 누대라도 한 줌의 쌓아놓은 흙으로부터 시작된다.
- 노자

사소한 일로 원수를 만들지 마라.
- 공자

하루하루를 마지막날인 것처럼 살자.

인생에서는
영원한 일등도 없고,
영원한 꼴찌도 없다.

내가 지금도 독서를 그만두지 않는 것은,
글을 보는 사이에
무의식적으로 순간순간 떠오르는 생각들이
나에게 글을 읽게 하기 때문이다.

- 세종 대왕

잘 짖는다고 좋은 개가 아닌 것처럼
말을 잘한다고 현명한 사람은 아니다.

- 장자

보통의 사람들은 자기 일에
자신이 가진 에너지와 능력을 25%만을 사용한다.
세상은 능력의 50%를 일에 쏟아붓는 사람들에게 경의를 표한다.
자신의 100%를 전부 헌신하는 몇 안 되는 사람들에게
우린 머리를 숙인다.

- 앤드류 카네기

아는 것이 어려운 것이 아니라
알고 있는 것을 실행하는 것이 어려운 것이다.
지식이란 실천될 때에만 그 가치가 드러내는 법이다.
- 『서경』

학문의 길에는 따로 방법이 없다.
모르는 것이 있으면 길 가는 사람이라도 잡아서 묻는 것이고,
또한 종이라 하더라도 나보다 하나라도 많이 알면
반드시 배워야 한다.
- 박지원

오늘 회피한다고 해서
내일 그 일에 대한 책임을 피할 수는 없는 것이다.
- 에이브러햄 링컨

내일 죽을지도 모르고 사는 인간이
또 10년 후에 죽는다 할지라도,
상대와 말다툼을 굳이 이기고 결론을 내서
시간을 낭비할 필요가 있나.
- 『고독의 리더십』

술 마실 때 첫 잔은 사람이 술을 이용하지만,
두세 잔부터는 술이 사람을 이용한다.

참 이상하다.
그 사람이 좋은 사람이고 나에게 잘해 주면
고맙고 더 좋아져야 하는 게 맞는데,
시간이 지날수록 그 사람은 점점 만만한 사람이 되어가고
나에게 잘해 주는 것은 점점 당연한 게 되어가고,
그래서 사람들은 누군가를 만날 때 그렇게 계산을 하고,
어느 정도 밀고 당기는 걸까?

너무 착해도 안 되고
아무 계산 없이 누구를 좋아하고 배려해도 안 되고…
너무 어렵다. 그냥 그런 고민 안 하고 좋아해도 되는 사람,
한결같이 내 진심을 알아주고 고마워해줄 사람,
그런 사람을 만나고 싶은데, 그건 또 너무 어려운
일인 것 같다….
- 『나는 다만 조금 느릴 뿐이다』

미친 짓이란,
같은 일을 반복하면서 다른 결과를 기대하는 것이다.
- 아인슈타인

법은 없는 사람을 위해 만들어진 게 아니라
있는 사람의 편의를 위해 만들어졌다.

열 명의 죄인을 놓친다 하더라도
죄 없는 한 사람을 벌하진 말아야 한다.

진짜 나를 받아들이고 순응하는 삶을 살 것인가?
나를 인정은 하되 내가 원하는 나를 위해 노력하는 삶을 살 것인가?
나를 부정하며, 아니거든? 난 이런 사람이거든?
부인하는 삶을 살 것인가?
-『나는 다만 조금 느릴 뿐이다』

돈을 많이 벌어들이는 것보다
또는 안정된 직위에 있는 것보다 더 중요한 건,
무언가를 얻은 그 다음일지도 모른다.
긴장이 풀렸을 때,
이제 어느 정도 내 삶이 안정됐다 느끼는 순간.
한결같은 나,
초심을 잃지 않는 나를 지켜간다는 것,
지켜갈 수 있다는 것,
어쩌면 그것이 훨씬 더 어려운 일일지도 모른다.
-『나는 다만 조금 느릴 뿐이다』

아, 나만 그런 게 아니구나.
나만 절룩거리는 기분으로 사는 건 아니구나.
세상에 나만큼이나 혹은 나보다 더
느린 사람도 참 많구나.
때때론 이런 발견이
반갑고 위로가 되기도 하니까.
-『나는 다만 조금 느릴 뿐이다』

진짜 잘난 사람들은 자학을 하고,
결코 잘나지 못한 사람들은 자뻑에 취해 있는 것,
자뻑에 취해 끝에 찾아오는…. 바로 이것,
나의 부끄러움을 나만 모르고 세상 사람들은 다 아는 것.

인생에서 하고 싶은 것이 무엇인지
그것을 찾아내는 것이 가장 중요하고 행복한 것이다.

그런 일이 내게 일어나지 않았으면 좋았을걸 하는 것은
필요 없는 말이다.
그때 그 일을 경험함으로써 지금은 다른 방향을 볼 수 있는
기회와 선택을 할 수 있게 된 것이다.

늘 더 가지지 못해 안달하고 늘 더 높이 오르지 못해 안달하지만,
막상 그 자리에 가보면 별반 다르지 않다는 것을 느낄 거다.
높은 자리에만 얽매이다 세상에서 자기가 하고 싶던,
해보고 싶었던 것을 해보지도 못하고 삶을 마치는 일은 없어야 한다.

가난한데 매너까지 없다면 이중의 굴욕이지 않나?

욕심을 내려놓으면 네 것이다 내 것이다 없이,
어떤 누구라도 싸울 필요 없이 잘 지낼 수 있다.

큰 고통을 겪으면
평소 귀중하게 보였던 것들이
한순간에 부질없어질 수 있고,
평소 가치 없게 생각했던 것들이
소중하게 보일 때가 있다.

비타민이 부족하면 몸의 어느 부분이 결핍을 느끼듯이
고통이 없는 삶이 완성되지 않는다.
우리에게 고통이 주어질 때 그것을 거부하지 말고
있는 그대로 받아들이자.

부의 양극화가 너무 심해
가진 사람은 가진 돈을 다 써보지도 못하고 죽고,
가난한 사람은
평생 몸뚱이 한번 편히 누울
집 한 칸 마련하지 못하고 세상을 떠난다.
- 인디언 명언

원수는 한갓 연약한 꽃잎 같은 것.
그들과 다투느라 자신의 인생을 헛되이 하지 맙시다.
가족, 친척, 친구는 우리 인생에 잠시 찾아온 손님입니다.
- 『달팽이는 느려도 느리지 않다』

사람을 통해서만 우린 사랑을 배우고 깨달을 수 있지요.
두렵더라도 사람에게 부딪치면서 파도타기를 해 보세요.
그러다 보면 다름 아닌 자신이
파도이면서 바다라는 것도 알게 될 거예요.
- 정목 스님

집착은 무언가를 요구하고 통제한다.

모방하기 좋아하는 사람은 자신의 인생을 사는 것이 아니라,
다른 이의 인생을 사는 것이다.

상황이 이미 돌이킬 수 없는 상황이라면
받아들이는 것도 용기이다.

**맑은 마음이란
탓하고 비난하려는 의도를 멈출 때 찾아오는
고요한 마음이다.**

약속이란 신뢰도를 측정하는 기준이다.
그러나 지나치게 시간을 따지며,
시간으로 스스로를 제약하는 것은 정신 건강에 해롭다.
빈틈없이 완벽하게 사는 인생도 좋아 보일지도 모르지만,
시간에 너무 얽매이며 사는 것도 보기 좋아 보이진 않는다.

듣기 싫은 충고, 하기 싫은 일, 만나기 싫은 사람,
갈등하고 부딪치는 관계, 고통스러운 현실.
그러나 인생 공부의 답은 거기에 있다.

돈이 많고 지위가 올라간다고 인격도 같이 올라가진 않는다.

대화의 듣기를 잘못하는 이유는 생각이 과거나 미래에 가 있거나
그것을 비판하기 위해 딴생각을 하는 경우가 많아서이다.

우리가 듣지 못하는 것을 개는 들을 수 있고,
우리가 보지 못하는 것을 고양이는 볼 수 있듯이
나보다 못난 사람도 나보다 더 잘 보고 더 잘 들을 수 있다.

인생사….
앞에 설 때도 있고,
뒤처질 때도 있고,
움직일 때도 있고,
쉴 때도 있다.
기온이 찰 때도 있고,
지칠 때도 있다.
안전할 때도 있고,
위험에 처할 때도 있다.

뛰는데 힘들지 않다면 그건 내리막길이다.

- 김형석

자기 자신을 바쳐 일하기로 했다면 그 일에 의심을 품지 말라.

-『채근담』

사람을 쓰려면 의심하지 말고,
사람을 의심하려거든 쓰지 말라.

성공의 재능은 자기가 잘할 수 있는 것, 그리고 명성을 생각하지 않고,
자기가 하는 일만 무엇이든 열심히 하는 것이다.

- 롱펠로

선진국과 우리나라 부자의 차이점

우리나라 1. 부동산 유무

　　　　2. 외제차 유무

　　　　3. 통장 잔고 유무

　선진국 1. 몇 개국 여행을 갔는지

　　　　2. 제2의 외국어 습득

　　　　3. 취미 생활 2개 이상 가지기

얼마나 돈을 가졌는지가 아닌,

얼마나 여유를 가지고 가치 있게 쓰느냐의 차이다.

재산은 그것을 가지고 있는 자의 것이 아니고,

그것을 즐기는 자의 것이다.

어느 무더운 여름 자정이 넘긴 시간까지
회사 대표가 퇴근하지 않고 일을 하고 있었다.
직원이 "대표님, 힘들지 않으세요?"라고 문자 대표가 말하길
"뜨거운 태양 아래서 막노동도 해봤는데,
이렇게 시원한 에어컨도 있고,
책상에서 좋아하는 책 보니 천국이 따로 있습니까?" 했다.

**교만한 사람의 뒤에는 그를 낮추려는 사람들이 있지만,
겸손한 사람 뒤에는 그를 높이려는 사람들이 많다.**

당신이 가난하거든 덕행으로 이름을 얻어라.
그리고 당신이 부유하거든 자선을 베풀어 이름을 얻어라.

좋은 일을 많이 하려고 기다리는 사람은
하나의 좋은 일도 할 수 없다.
나눔은 바로 실천이다.
- 사무엘 존스

성공이 너에게 오지 않는다.
네가 성공할 수 있는 곳으로 떠나라.
- 마바 콜린스

아무것이라도 시도할 용기조차 갖지 못한다면
도대체 왜 태어났는가?
- 빈센트 반 고흐

죽음이 눈앞에 있을 때,
당신이 저지른 일보다
저지르지 않은 일 때문에
많이 후회할 것이다.

빌 게이츠 명언

1. 태어나서 가난한 건 당신의 잘못이 아니지만,
   죽을 때까지 가난한 건 나의 잘못이다.
2. 화목하지 않은 가정에서 태어난 건 죄가 아니지만,
   당신의 가정도 화목하지 않은 건 당신의 잘못이다.
3. 실수는 누구나 할 수 있고 여러 번, 수백, 수천 번 할 수 있다.
   그러나 같은 실수를 반복하면 그건 못난 사람이다.
4. 인생은 등반과도 같다.
   정상에 올라서야만 산 아래 아름다운 풍경이 보이듯,
   노력 없이는 정상에 오를 수 없다.
5. 때론, 노력해도 안 되는 게 있다지만,
   노력조차 안 해보고 정상에 오를 수 없다고 말하는 사람은
   폐인이다.
6. 다른 사람이 나를 어떻게 보는지 생각 말자.
   다른 사람을 평가하지도 말자.
7. 모든 걸 내가 아니면 할 수 없다는 생각은 버려라.
   나 없인 못 산다는 생각 또한 버려라.
   내가 사라져도 이 세상은 잘 돌아간다.

세상에 감당할 수 없는 고통은 없다. 스스로 받아들이는 순간,
고통은 삶의 일부가 되고 인생의 거름이 된다.

깨닫기만 하고 실천하지 않으면 깨달음이 무슨 소용 있나?
- 힐티

만약 당신이 모든 것을 잃고 다른 사람들로부터 비난을 받을 때조차,
당신의 머리를 곧게 쳐들 수 있고,
또, 모든 사람들이 당신을 의심할 때
사람들의 의심을 그대로 받아들이고도,
스스로 흔들림이 없다면,
당신이 바로 군자다.

실패가 많으면 좋은 점이 성공하지 못하는 이유를 알려주기 때문에….
그래서 실패의 횟수가 늘어날수록 성공에 가까워지는 것이다.

이미 사라진 시간, 이미 내 곁을 떠나간 오늘을
그리워하며 국밥에 혼술 마신다.

나이가 들수록 외로움은 더해간다.
예의를 갖춰야 하고 경계해야 할 대상들이 많아지고,
머리로 생각하면서 관계를 맺어야 하니,
그래서 사람을 만나도 외로운가 보다.

흙탕물 속에서 뿌연 것들도 선명해지고,
뚜렷한 것들도 흐릿해지는 것처럼,
인생도 고민이 생겼다가도 생각지도 못하게 풀리고,
고민이 풀리면 또다시 고민이 생기는 게 인생이다.

자꾸 누군가와 비교하면서
내게 부족한 것들을 찾아내 끊임없이 자책하면서 채워 넣으려 한다.
없어도 사는 데, 사는 데 아무 지장이 없는데도
내 몸과 내 마음을 가득 채우려고 스스로를 괴롭힌다.

인생의 최고의 행운은 자기가 하고 싶은 것이 무엇인지 찾았을 때,
또 그것을 즐기면서 마음껏 할 수 있을 때 최고의 인생인 것이다.

어제의 나와는 작별을 하고 새로운 나를 만나자.
매일 하던 방식, 매일 가는 길만 고집하지 말고
새로운 방식, 낯선 길을 선택하자.
낯섦을 거부하지 않는 사람만이
인생을 누리는 특별한 삶을 사는 사람이다.

우리는 성공에서보다 실패에서 더 많은 지혜를 배운다.
- 스마일스

말의 힘이란 죽은 자를 불러들일 수 있고,
산 자를 땅속에 묻을 수도 있고,
소인이 거인을 망가뜨릴 수도 있다.
- 맹자

먼 길을 갈 때 우리는 쉬어간다.
고통스러운 상황이나 몸의 병을 얻었을 때
그것을 쉬어가라는 신호로 받아들여 자신을 살펴보면
큰 병을 예방할 수 있다.

실수와 잘못을 했을 때
뉘우침은 잘못된 행동을 바로 잡아주고,
현실을 명확히 인식해서 앞으로 나아가는 것이다.

나와 다른 생각을 하는 사람을 이해할 수 없다고
나무라기보다는 그와 나의 관점에는 차이가 있다는
사실을 인정하는 편이 누군가를 이해하고 받아들이는 데
가장 좋은 방법이다.

아무리 머리가 좋은 사람도
세상 모든 것들을 다 알 순 없고,
아무리 똑똑한 사람도
정답만을 이야기할 순 없다.

하늘 아래 모든 일에는 시기가 있고
모든 목적한 것에는 때가 있도다.
날 때가 있고 죽을 때가 있으며
심을 때가 있고, 심은 것을 수확할 때가 있다.

벼슬자리가 없는 것을 근심할 것이 아니라
그 자리에 앉을 만한 능력이 있는지 없는지를 근심하라.
- 공자

자신감 없이 위축될 바에 오만한 게 낫다.

칭찬은 귀로 먹는 보약이다.

착한 척하는 것은 노골적으로 나쁘게 하는 것보다 못하다.

시간이 지나면 부패하는 음식이 있고
시간이 지나면 발효되는 음식이 있습니다.
인간도 마찬가지로
시간이 지나면 부패하는 인간이 있고 발효되는 인간이 있습니다.
시간이 흐를수록 썩어가는 인생을 살 것입니까?
시간이 흐를수록 익어가는 삶을 살 것입니까?

- 『내 마음속의 울림』

인생은 적당한 열정과 적당한 냉정이 필요하다.

노마지지(老馬之智)
- 아무리 못났어도 한 가지 재주는 있다.

독수리는 파리를 잡지 못한다.
능력의 종류는 다르다.

남을 돕거나 봉사하지 않는 건
지극히 개인적으로 산 인생이다.

다음 생이 먼저 올지,
내일이 먼저 올지는 아무도 모른다.
- 티베트 속담

더 많은 것을 놓아야
더 많은 것을 얻을 수 있다.

생각의 폭이 그 사람의 그릇을 결정한다.

물러나는 것이 곧 나아가는 것일 수도 있다.

현재 내가 뜨는 해인지 지는 해인지
정확하게 알아야 한다.

문제를 집중해서 보자.
그 안에 답이 있는 경우도 있지만,
최소한 힌트라도 얻을 수 있다.

나이를 먹는다는 건,
좋은 추억이 점점 많아진다는 것이다.

유산을 물려주지 않는 것이
유산일 수도 있다.

잠은 작은 죽음과 같다.

공부만 하고 놀지 않으면 성공하지 못한다.

굶주리는 아프리카가 아닌 한국에서 태어난 것은,
어떤 누군가에게 미안한 것일 수도 있다.

효도는 살아서는 없고
죽어서는 있다.

자기가 좋아하는 일이란 것을 아는 방법이 있다.
앞에 가난한을 붙이면 된다.
ex: 가난한 가수, 가난한 작가 등. 그래도 좋으면 정말로 좋아하는 일이다.
- 김주환

밤이 조언해 준다.
중요한 결정을 할 때는 하룻밤을 더 숙고하는 것이 좋다.
- 프랑스 속담

아무리 힘들고 죽고 싶어도
살아만 있으면 살아갈 방법을 터득하게 된다.

실패는 누구나 할 수 있다.
실패했을 때 나 자신에게 또 한번 해보자고 외쳐보자.

마음에 난 상처 하나가 인생 전체를 흔들면 안 된다.
비록 노력해서 꿈을 이루지 못하고 실패했다고 해서 낙심하지 말자.
최선을 다한 나에게만큼은 떳떳하지 않나?

인생이란 누구나 각자의 경기를 하는 것이다.

좋았던 것이 싫어질 수 있는 것처럼,
싫었던 것도 좋아질 수 있나.

한 곳에서 무엇을 잃으면 다른 곳에서 무언가를 얻는 것이 인생이다.

인간이란 옳고 그름에 따라 움직이는 종이 아니다.
자기 편인지, 남의 편인지가 중요하고
내게 유리한지, 불리한지가 더 중요하다.

힘들 때 다른 사람이 힘이 되어 주는 것은,
내가 인생을 나누면서 바르게 살아왔다는 증거이다.

즐길 수 있는 일을 발견한 것은,
어쩌면 진정한 행운아일 수도 있다.

후회는 지금의 나, 지금의 생활에 만족하지 못하는 데서 시작된다.

성공적인 인생이란….
세상에서 추구하는 성공과 상관없이 자기가 만족하는 인생이다.

세상의 성공 기준에 나를 맞추지 말고,
내가 내 인생에 만족하는 기준으로 맞추자.

아무리 힘들어도 내가 원하는 일을 하면 즐겁다.
- 군사 훈련으로 억지로 산에 오르면 괴롭지만,
내가 하고 싶은 등산으로 정상에 오르면 즐겁다.

인생이란 게 오랜 산다고 좋은 것도 아니고
오래 사는 게 중요한 것도 아니다.
하루를 살더라도 마음 편하게 살다 죽는 게 더 중요하다.

나쁜 경험이라도 그것을 항상 교훈으로 삼는 게 중요하다.
옥살이에서도 시간을 허투루 보내고 고통으로 받아들이는 것보다는,
그것을 받아들이고 안에서 책이나 수행을 쌓으면
더 큰 깨달음을 얻는 기회가 될 수도 있다.
- 지혜로운 자는 고통 가운데 배운다.
  그러나 어리석은 자는 그저 그 고통을 반복할 뿐이다.

빈손으로 왔다가 빈손으로 가는 게 인생인데
우리는 단지 내 손에 들어오면 내 것이라고 착각을 한다.
그런데 잃어버린 돈 때문에 계속 괴로워하면 내 건강만 해치고,
주위 사람들까지 힘들게 한다.

가진 돈도 살아있을 때 나눠주어야 선물이 된다.

『금강경』에서 지장보살은 일체 중생을 구제하되,
불법과 인연 없는 중생도 구제하겠다고 한다.
- 남을 구한다고 해서 바라는 것이 없고,
  그것을 알아주든, 알아주지 않든 그것에 전혀 신경 쓰지 않는 마음이다.

우리는 자신이 타인에게 인정받기를 원하는 만큼
자신과 다른 이들을 인정하는 법을 배워야 한다.

서툴러도 지금 이 기분을 만끽하자.
시간이 흐르고 흐른 뒤,
필시 서툰 오늘이 다시 그리워질 터이다.

한 마리의 개미가 한 알의 보리를 물고 담벼락을 오르다가
69번을 떨어지고 70번째에 목적을 달성하는 것을 보고 용기를 얻어,
드디어 적과 싸워 이긴 옛날의 영웅 이야기가 있다.
포기하지 않고 끈기 있게 버텨야 성공을 부른다.

죽음은 피할 수 없기에
죽음도 삶에 한 부분이기에 받아들이자.

잘사는 것도 준비가 필요하듯이
잘 죽는 것 또한 철저한 준비가 필요하다.

누구나 실수를 할 수 있다.
뒤늦게라도 깨닫게 된 것이 얼마나 고마운 일인가.
우리는 과거를 되돌릴 수는 없지만,
과거의 잘못을 되돌아봄으로써 앞으로 나아가는 것이다.

때론 사는 것이 기쁨만 있고 하는 일마다 내 뜻대로 된다면,
사는 재미가 없을 것이다.
인생은 엎어지기도 하고 뒤집히기도 할 때,
인생의 숨은 행복과 소중함을 깨닫게 되는 것이다.

인간에게 두 손을 만들어준 것은
한 손이 인생을 포기하려고 내려놓을 때
다른 한 손이 포기 못 하도록 잡아주기 위해서다.
또는 욕심내어 더 많이 가지려 할 때 다른 한 손이 막기 위함이다.

삶이란 가까이서 보기보다는 한 걸음 물러나서 바라보니
명확하고 정확히 보인다는 것을 나이가 들어가면서 알게 된다.

돈 한 푼 없이 자존심 구기면서 비굴하게 살 것인가?
아님 주위 사람들 따듯한 밥 한 끼 사주면서 당당하게 살 것인가?

이 세상을 떠나는 날에는 추억을 내 가슴에 묻으며
모든 것을 훌훌 털고 가야 한다는 것을….

인생 짧고도 슬프다.

돈이 부족하면 생활이 불편한 것이지,
불행한 것이 아니라는 생각이었는데,
가족이나 주위 사람들이 힘들어하고 부담이 된다는 것을
나중에 느끼게 된다.
어느 정도 여유는 있어야 한다.

나이가 들수록 잘 살고, 잘 사랑하고,
잘 죽는 방법에 대해서 많은 생각을 한다.
그만큼 인생이 얼마 남지 않아
좀 더 즐겁고 후회 없는 마지막을 살려고 하는 것이다.
그런데도 우리는 아무런 준비도 없이 죽는 순간을 기다리고 있다.
태어나는 것과 마찬가지로 죽는 것에도 순서가 있다면,
아마도 모든 사람이
삶의 준비를 하는 것처럼 죽음도 철저히 준비할 텐데.

막차를 기다리는 사람의 마음이 불안한 것처럼
마지막이 의미하는 것은 서글픔과 슬픔이다.

살아온 날보다 살아갈 날이 많지 않으니까,
맛있으면 맛있다고 표현하고,
사랑하면 사랑한다 표현하자.
포장하지 말고, 숨기지도 말고 있는 그대로 표현하자.

길이라는 것도 직선은 반듯해서 좋고,
곡선은 부드러워 편안하듯이,
인생도 적당한 굴곡이 있어야 좋다.

인생이란 낯선 길을 가며 덧셈만을 고집하다 보면
때로는 부작용을 만난다.
그 해독제가 뺄셈이다.
살다 보면 나누어야 하는 순간이 오고, 버려야 하는 순간이 오고,
또 빼앗기는 순간이 찾아온다.
뺄셈의 미학은 조건 없이 내려놓는 것이다.

버려야 할 것을 버리지 못하고
내려놓아야 할 것을 내려놓지 못하면
고통이 찾아온다.
적당히 비우고 버려야 몸도 마음도 편안해진다.

세상의 모든 인생은 우리가 바라보는 하늘만큼 똑같지는 않다.

이 세상에 줄 것이 없는 사람은
단 한 사람도 없다는 것을 느낀다.
돈이 없는 사람도
따뜻한 웃음과 따뜻한 말이라도 해줄 수 있다.

옛말에 '뒤에 난 뿔이 우뚝하다'는 말이 있듯이
뒤따라오는 후배가 미래의 나보다 더 나아진 삶을 사는 것은 당연하다.

- 공자

유능하면서도 무능한 사람에게 묻고
견문이 넓으면서도 좁은 사람에게 물으며,
도가 있으면서도 없는 듯하고, 덕이 있으면서도 빈 듯하다.

- 증자

세 사람이 함께 길을 가다 보면
그중에는 반드시 내가 스승으로 본받을 만한 사람이 있기 마련이다.
그중에 착한 사람에게서는 선한 점을 골라 따르고,
착하지 못한 사람에게는 나쁜 점을 골라내 잘못을 고친다.
착하지 못한 사람도 잘못된 점을 가르쳐 주니
그 역시 스승이라 할 수 있다.

'남의 흉을 보고 내 잘못을 고친다'라는 말이 있다.
결국 자기 생각과 마음가짐에 따라
모든 곳에서 스스로 배움을 얻을 수 있다.

- 공자

비위를 맞추는 약삭빠른 말이나 옷을 잘 차려입고 꾸민 얼굴일수록
어진 사람이 드물다.

- 공자

그간 누가 더 성실하게 준비했는가에 따라
승패가 좌우될 것이다.

-『고구려』

모든 건 운명이다.
운명은 절대 바꿀 수 없다고 하는 사람들조차
길을 건너기 전에 좌우를 살피는 것을 보았다.

- 스티븐 호킹

어리석은 이는 최선 없는 최고를 꿈꾸지만,
지혜로운 이는 자기 자신이 모든 일에 최선을 다하는 사람 중에
최고이기를 꿈꾼다.

바다는 바닥인데도 불구하고 가장 낮은 곳에 있음에도
모든 것을 다 포용하는… 진정한 바다이다.

발바닥이 아름다운 건 밑바닥을 딛고 있기 때문이다.

익숙한 해변에서 눈을 뗄 용기가 없다면
새로운 대륙을 발견할 수 없다.

- 앙드레 지드

걷기를 그치는 날, 너는 도착할 것이다.

- 일본 속담
  잠시 쉬며 생각할 때 순탄하게 일을 해결할 것이다.

돈은 돌고 돈다고 해서 돈이라고 했다.

- 없다가도 있고, 있다가도 없는 게 돈이다.

사람들은 갑 마음은 알고, 을 마음은 모르는 것 같다.

인생에서 돈을 많이 모으는 게 행복한 것인가?
아니면 돈 많이 모아서 잔고가 빵빵해서 뿌듯한 건가?
인생의 재미가 과연 무엇을 '벌어들이는 데'만 있는 건 아니다.
그 돈으로 여행을 가거나 즐기면서 사는 게 뿌듯한 것이다.
과연 어느 것이 후회가 덜 남을까?

돈이 없어도
내 눈에는 보이는 것들이 있고,
돈이 있어도
내 눈에는 보이지 않는 것들이 있다.

돈이 있을 때 보이지 않던 친구나 주위 사람들인데,
돈이 없고 나서야 그 사람의 가치와 소중함을
뒤늦게 알게 되는 경우도 있다.

마당에서 산삼 캘 궁리나 하면서
온종일 빈둥거리며 시간을 보내는 사람은 되지 말자.

누운 나무에는 열매가 안 열린다는 말이 있다.
죽은 듯이 방 안에 드러누워 허송세월 보내는 사람은 되지 말자.

주위 사람들을 만날 때 취미나 버릇, 선호도가 다르다고 해서
그것으로 잘 안 맞는 사람이라고 이야기하지 말자.

서로 불편한 마음이 들 때 대꾸하고 따지는 것을 멈추고,
한 발 뒤로 물러서서 바라보자.
이것만 지켜도 인생 살 만하다.

인생은 계획대로만 살면 너무 재미없다.
만약 그랬다면 우리는 태어날 이유가 없다.

선물이나 도움을 받을 줄 모르는 사람은 줄 줄도 모르는 사람이다.

삼류 리더는 자기의 능력과 지혜를 사용하지만,
일류 리더는 남의 힘과 지혜를 사용할 줄 아는 사람이다.

다른 이들의 도움을 얻어내는 수완 또한 자신의 능력이다.

정말 불가능했는지?
불가능하다고 생각하고 하지 않은 건지?
생각해보자.

남을 만족시키기 위해 스스로를 희생하면서 살면,
그건 남 인생을 산 거다.

아무도 없었던 것은 아니었다.
곁에는 친구도 가족도 동료도 분명히 있었다.
하지만 없었다.
함께이면서도 혼자였다.

과거는 과거다.
살아온 시간이 길수록, 또는 몸이 바쁘지 않을수록 과거 속에 살기 쉽다.
과거를 잊어버리는 것은 불가능하다.
그렇다면 갖고 놀아라.
과거는 심심할 때 잠깐 꺼내서 가지고 노는 것으로 생각하면 된다.

삶이란 처음부터 위험을 무릅쓴 모험이다.

나이가 들면 좋은 점이 어떤 고통도 지나가리라는 것.

인간관계의 갈등은
상대가 내 마음을 몰라준다고 생각하는 것에서 시작한다.

사람은 거절하는 법을 배워야 한다.
- 솔직하게 NO를 말할 수 있어야 YES가 진짜 예스로 보이는 것이다.

술, 담배 참고 소 샀더니 호랑이가 물어갔다는 속담이 있다.
- 조금씩 저축하고 돈을 모아도 사기꾼 한 명 잘못 만나면 끝장이다.

기회가 왔음에도 불구하고,
기회인지 모르고 떠나보내는 사람이 많다.
기회가 지나간 후에야 기회였음을 알고 신세 한탄만 한다.

난 사람을 잃어도 타이밍은 놓치지 않는다.
- 나폴레옹
  기회와 시기는 쉽게 찾아오지 않는다.

좋은 술은 좋은 피를 만든다.

자기 집 담벼락 밑에 산더미처럼 쌓여 있는 쓰레기는 방치해 두면서,
남의 집 담벼락 밑에 담배꽁초 하나 떨어져 있다고 흉본다.

꿈의 사이즈가 클수록 고민도 고통도 크다.
바꿔 말하면 고민, 고통만큼 상상도 할 수 없는 큰 성공이
우리 앞에 기다리고 있다는 것이다.
그러니 포기하지 말자.

언제나 마지막 한 발, 그 한 발자국이 힘들다.
마지막 하나가 모자랄 때 천 개의 후회가 남는다.

위기는 준비된 사람과 그렇지 못한 사람을
가려내기 위해 존재하는 것이다.

기회는 앉아서 기다리는 것이 아니다.

있으면 있는 대로 최선을 다하고 없으면 없는 대로 최선을 다하자.
그렇게 살다 보면 언젠가는 성공이란 놈이 올 것이다.

우리의 삶에서 깨닫는 것들은 대부분 실패를 통해서 깨닫는 것이다.

대학교 졸업장 따위는 영화표만 한 가치도 없다.
영화표는 최소한 영화관 입장을 보장하지만
졸업장은 아무것도 보장하지 못한다.

- 혼다 소이치로

꼭 보폭을 맞출 필요는 없는 것 같아.
조금 늦게 가도, 조금 멈췄다 가도, 목적지는 나오거든.

느리게 기어가는 달팽이도
자기가 정한 시간에 결코 늦는 법이 없다.
- 달팽이는 느려도 늦지 않다.

준마가 며칠이면 가는 천 리지만,
둔한 말도 열흘이면 간다.
- 천천히 가도 결국 정상에서 만나게 되어 있다.

인생은….
하루 스물네 시간이 열두 시간으로 느껴질 때가 있고,
하루 스물네 시간이 마흔여덟 시간처럼 느껴질 때도 있다.

어떤 문제에 부딪히면
나는 남보다 시간을 두세 배 더 투자할 각오를 한다.
그것이야말로 평범한 두뇌를 지닌 내가 할 수 있는 유일한 방법이다.
- 히로나카 헤이스케

꼭 공부가 아니더라도
배움은 목숨을 걸어서라도 할 만한 가치가 있는 것이다.

가난뱅이한테는 아부가 없다.
슬픈 일이다….
- 셰익스피어

말똥도 모르고 마 노릇한다.
- 아무것도 모르면서 아는 체하지 말자.

여울 많이 먹은 소똥 눌 때 알아본다.
- 저지른 일은 반드시 드러나기 마련이다.

칠 년 대흉년이 와도 무당은 먹고산다.
- 나라가 힘들수록 불법은 성행한다.

아픔도 없고 슬픔도 없는 인생 바라지 말자.

자신의 습관을 뛰어넘지 못하면
운명 또한 뛰어넘기 힘들다.

길을 걷다가 돌을 만날 때
약자는 걸림돌로 생각하지만 강자는 디딤돌로 받아들인다.
- 토머스 칼라일

내 돈 서 푼은 알고, 남의 칠 푼은 모른다는 말이 있다.
- 자기 것은 소중하고, 남 것은 하찮게 여기는….
또는 내 돈은 악착같이 받으려고 하고 남들 돈은 어영부영 떼어먹을 궁리만 하는.

단 하루도 어제와 똑같은 날은 없었다.
다만 내가 똑같은 일상을 반복하고 살았을 뿐….

성공과 행운은 사람을 타고 돈다.

인생을 살다 보면 암 덩어리 같은 인연을 만나기도 하고,
생명수 같은 인연을 만나기도 한다.

저는 가난한 집에서 태어났고, 정상적인 학교 교육을 받지 못했고,
사업을 하다가 두 번 망했고, 선거에는 여덟 번 낙선했습니다.
사랑하는 여인을 잃고 정신 병원 신세를 지기도 했습니다.
제가 운이 나쁜 사람이라고요? 글쎄요. 참 하나를 빼 먹었군요.
저는 인생 막바지에 미국의 16대 대통령이 되었습니다.
제 이름은 링컨입니다.

일흔이 넘는 나이에 중국어 공부를 시작한 분을 만났다.
그분에게 물었다. "그 연세에 공부하는 게 어렵지 않으세요?"
그분의 대답.
"새로운 걸 배우는 게 왜 어렵나?
아무것도 하지 않는 게 더 힘든 것이지."
너무 편하면 늙게 된다는 것을 알았어.
처음 말을 배우던 때의 그 어린아이 같은 호기심을 찾고 싶다.

인생의 90%가 반복이고 무덤덤한 삶이다.

시간의 주인이 되느냐, 시간의 노예가 되느냐에 따라 운명이 달라진다.

한 살 한 살 나이가 들어가면서 많은 것을 내려놓고 떠나보내고 나서야
그제야 인생의 참맛을 알 수 있다.

인생에서 성공은 한 번에 하는 것보다,
일곱 번 쓰러지고 여덟 번째 성공하는 것이
더 멋진 것이다.

한평생을 살면서
좋아하는 것들, 좋아하는 사람만으로 인연을 맺을 수는 없다.
때로는 싫어하는 것들, 싫은 사람과의 인연 속에서 더 강해지고
더 철저히 살아가는 법을 배우기도 한다.

누구에게나 잊히지 않는 상처가 있고, 사람은 상처를 받으며 살아간다.
어쩌면 인생 자체가 상처를 주고받는 것인지도 모른다.

어떻게 보면 허무한 것이 인생이다.

7장

방황

방황: 잊을 만하면 누구에게나 찾아오는 것

내가 어디로 가야 하고 왜 가야 하는지를 몰라 방황할 때
귓속말로 대답해 준다.
네가 가고 싶은 길을 가라고….
더 많이 흔들리고 더 많이 방황해도
네가 가고 싶은 길을 가라고….

세상에 결함이 없는 해결책은 거의 없다.
이쪽을 선택하면 이런 문제가,
저쪽을 선택하면 저런 문제가 걸린다.

살면서 아픔과 부딪히고 고통과 씨름하며
더 많이 흔들리고 더 많이 방황해야 힘든 청춘은 지나간다.

흔들리는 어제의 발자국이 나를 더 단단하게 해주고
오늘의 나를 있게 했듯이,
아픈 오늘의 발자국을 잘 치유하면 중심을 잘 잡은,
내일의 나를 만날 수 있다.

사랑하고 후회하고 방황하는 게 청춘이다.

최선을 다했지만, 결과가 좋지 않다면
다른 곳에서 새롭게 다시 도전해보자.

서른을 잘 살면 마흔이 기다려질 것이고,
서른을 잘 살지 못하면 마흔이 두려워질 것이다.

개똥밭에 굴러도 이승이 좋다.
- 죽고 싶어도 살아만 있으면 '분명히' 좋은 날 올 것이다.

자꾸 경제적으로 힘들고 죽고 싶을 때, 이런 이야기를 해주고 싶다.

- 이삼백만 원 빚 낼 수 있나요?
 아무리 없어도 그 정도는 낼 수 있을 겁니다.
 그러면 그 돈으로 인도 여행 한 번 갔다 오세요.
 인도를 한 바퀴 쭉 돌고 오면 죽고 싶은 마음 없어질 겁니다.
 내가 얼마나 부자인지, 가진 게 얼마나 많은지 알게 됩니다.

세상의 그 어떤 꽃도 흔들림 없이 피는 꽃은 없다.
지금 흔들리는 건 지극히 정상이다.

다시는 놀고 싶지 않을 만큼 원 없이 놀아보고,
다시는 걷고 싶지 않을 만큼 쓰러질 때까지 걸어도 보고,
지금 만나는 그 사람을
더 이상 사랑할 수 없을 만큼 최선을 다해 사랑도 해보고,
그렇게 무언가에 나를 몰입시키는 순간순간들이 있어야
생의 마지막 날,
'나는 정말 최선을 다해서 살았다' 말할 수 있는 것이다.

이자가 높으면 사기당할 확률이 높고,
이자가 없으면 돈 받을 확률이 낮다.

과거에 연연하지 않고, 미래를 두려워하지 않고,
지금을 충실히 살면, 그 사람은 늘 인생의 황금기를 사는 것이다.

절망을 느껴본 사람만이 결국 올바른 방향을 찾을 수 있다.
방황을 통해 내가 직접 경험하고 알게 된 것이,
다른 사람의 체험이나 이야기를 통해 얻은 것보다,
더욱 값진 삶이다.
타인에게서 빌려 온 경험이나 지식은 모두 꿈꾸는 환상일 뿐이다.

두려움이 더 두려운 것은
두려운 상황을 미리 상상하는 마음 때문이다.
막상 부딪혀 보면 두려워했던 것들도
별거 아닐 때도 많다.

우리가 모르고 지은 잘못, 알고 지은 잘못이 어디 한두 가지겠습니까?

돈이 많은 사람이 자기 부모이길…
천재능력을 가진 아이가 자기 자식이길…
매력을 가진 사람이 자기 애인이길…
본인은 정작 잘 나지도 않았으면서
너무 많은 걸 바라는 건 아닌지
그로 인해 상대방한테 상처를 주는 건 아닌지
생각해 보시길….

나는 초등학교 학력이 전부이지만,
3년간 도서관에서 공부하여 큰 돈을 벌었다.
- 캐서린 던햄

강한 사람과 현명한 사람의 재능은
약한 사람을 괴롭히라고 준 것이 아니라,
도와주라고 있는 것이다.
- 존 허스킨

욕심을 내려놓으면 네 것이다, 내 것이다 싸울 필요 없이,
누구라도 사이좋게 지낼 수 있다.

우리가 목표하는 꿈이나 우리가 추구하는 행복도 그런 게 아닐까 싶다.
이미 가졌으면서도 애타게 찾고, 이미 누리면서도 목마르게 갈망하고,
이미 이뤘으면서도 안타깝게 바라보는 그런 것 같다.

애타게 찾던 물건이 바로 내 손에 있다는 것을 알았을 때의 기분처럼
지금 이 시절도 세월 지나 돌아보면
가장 잘나가는 전성시대였을 것이다.

비록 지금 하고 있는 일이 없어서 답답하고 쫓기는 기분이 들어도,
책 한 권이라도 읽자.
하루에 책 한 권이라도 읽으면 일하지 않아도 그날은 성공한 날이다.

어쩌면 못 견딜 것처럼 힘든 그 순간이,
인생의 가장 아름다운 청춘일지도 모른다.
힘들어서 행복하지 않았어도, 지나고 나면 그때가 그리워질 거다.

슬플 때 더 슬픈 음악을 들으면 그 슬픔이 달래지는 것처럼
방황도 더 방황하면 그 방황이 달래질 거란 착각에
자기를 완전히 무너트리는 건 아닌지….

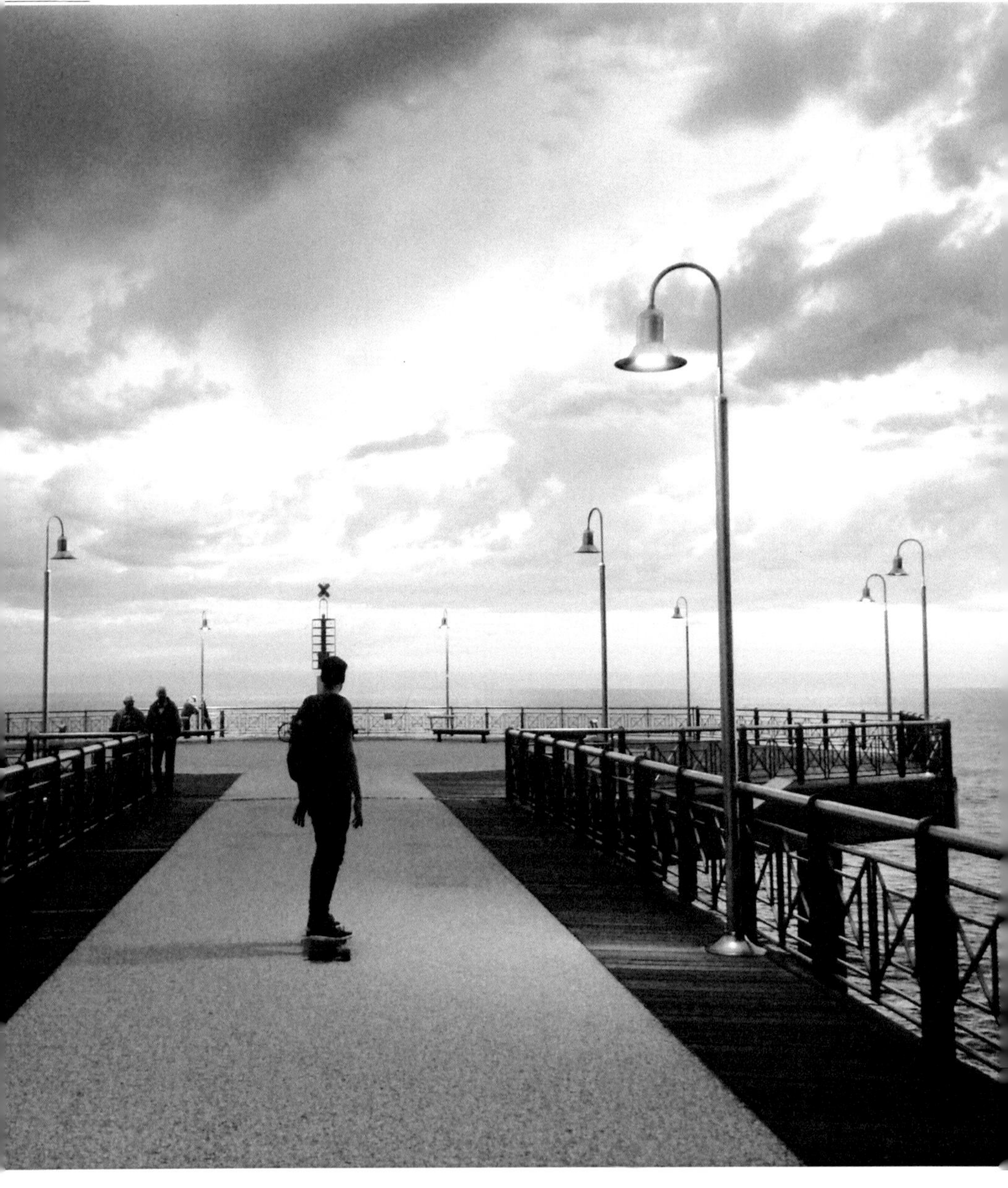

난 과연 어떤 직업을 선호하고 좋아하는 것일까?
어떤 일을 해야 스스로 만족하고 보람을 느끼는 것일까?
어떤 삶을 살아야 잘 살았다고 느끼는 것일까?
도대체 난 누굴까?
20대일 땐 누구나 나서는 거 좋아하고 적극적이고 저돌적이지만,
30대 이후 성격이 조금씩 바뀌는 것 같다.
활발한 성격보다 좀 더 차분한 성격으로….
근데 이상하게도 과거의 나보다 현재의 나 자신이 좋다.
비록 겁도 많아지고 조심스러워하고 얌전해진 내가….
누가 알아봐 주지 않아도 상관없는
주인공이 아닌 조연인 내가 좋다.

비록 나는 부족하고 못났지만, 반성하며 나아갈 것이다.

내가 행한 실수로 나는 현명해진다.

나이가 한 살 한 살 들어가면서
나는 날마다 조금씩 성장하고 있다.

명상은 할 일이 없어서 하는 게 아니다.
일상이 바쁘고 힘들수록 치유하기 위해서다.
- 간디

상대가 죽도록 미울 때 나 또한 남에게 상처를 준 적이 있다.

새파랗게 젊었을 때는 독기로 가득한 얼굴이지만
한 살 한 살 나이가 들면
온기로 가득한 얼굴로 변화하는 게 인생이고 순리이다.

터무니없는 것을 시도하는 사람만이
불가능한 일을 해결해 나갈 수 있다.

서로의 의견이 다른 것은 너무도 당연하다.
어느 것이 맞고 어느 것이 틀리다고 할 수 없으며
다양한 의견들이 동시에 공존할 수 있다는 걸 깨닫게 된다.
-『잘 있었나요 내 인생』

자기 주장을 피우는 것은 저울 중간 지점을 찾는 것이다.
저울의 한쪽 끝은 꼭두각시처럼 다른 사람에게 이끌리는 것이고,
반대쪽 끝은 다른 사람을 지배하려는 것이기에
자기 주장을 피우는 것은 자기 입장을 표현하고
원하지 않는 것과 원하는 것을 완곡하게 말하는 것이다.
-『잘 있었나요 내인생』

숲에 두 갈래의 길이 나 있었다.
나는 인적이 뜸한 길을 택했다.
그리고 그것이 모든 걸 변화시켰다.

욕심이 지나치면 위험하나
목적이 있는 적당한 욕심은 삶의 이유가 된다.
내 욕심이 남에게 상처를 주지 않을 정도,
그것이 적당한 욕심의 크기이다.

숱한 비바람에 가지도 부러지고 휘어져 보기 흉한 자신이라도
그 모습 그대로 사랑하며,
살아가는 자연의 생태계에서 삶의 또 하나의 지혜를 배웁니다.
실패하고 쓰러져도 용기를 안겨주는 것은 나라는 사실을
자연을 통해 배웁니다.
- 『자작나무 숲에서』

그 어떤 삶이든, 삶은 매우 주관적이기 때문에 정답이 같지 않다.
수학은 정답이 있지만, 삶은 정답이 없다.
답은 살면서 살아가면서 자연히 찾게 되는 것이다.

인생은 맞고 틀리고가 없다. 각자의 삶이 다 다르기 때문이다.

내가 좋아하는 길을 간다면, 가는 길이 울퉁불퉁해도 괜찮다.
걸어갈 수 있으면 되니까.
지치고 힘들어도 나중에 후회를 덜 할 테니까.

좋아하는 무언가를 할 때는 피곤하지 않다.

태어났을 때 분명 환경적 차이는 있지만, 살아가면서 스스로 노력하며
하나둘씩 환경적 어려움을 극복하면서 성공을 이루는 사람이
가장 멋지고 값진 삶을 산 사람이다.

죽음의 끝이나 벼랑 끝에 서면, 사람은 욕심을 내려놓는다.

사람도 적당한 고통과 시련을 경험해야
삶이 단단해지고 삶의 소중함을 깨우치게 된다.

시간은 누구에게나 공평하다.
내가 잘 사용했으면 큰 보상이 나에게 찾아오고,
내가 사용을 잘못했으면 엄청난 고통의 대가가 주어진다.

남을 도울 줄 알아야
내가 힘들 때 누군가가 손을 내밀어 주는 것이다.

아무리 자신을 합리화해도
'나는 할 수 없어'라고 생각하면 할 수 없었던 것들 중,
'나는 할 수 있다'라고 생각했으면 할 수 있었던 것이
훨씬 많았을 것이다.

우리가 젊은 나이로 돌아갈 수 없는 것처럼,
지금 이 순간이 가장 젊은 시간이기에
지금 이 시간에 마음껏 펼치고 즐겨야 한다.

말하기는 재능이지만 듣기는 인격이다.

세상의 모든 것은 항상 변하고 결국 사라진다.
우리의 몸도 친구도 가족도 소유물도, 지금의 처지와 환경도
영원히 제자리에 있는 건 아무것도 없다.
그러니 동시대에 태어난 사람들끼리 미워하고 원망하면서 살지 말자.

언제나 영원할 것처럼 보이는 인생도 언젠가는 끝을 맞이할 것이고,
생각해 보면 남은 시간이 그리 길지 않다.
소중한 시간을 남 원망하고 미워하는 데 소비하면
그 시간이 아깝지 않을까?

모든 것을 다 가진 사람도 부족할 수 있고,
모든 것을 다 못하는 사람 또한 없다.

살아온 날들보다 살아가야 할 날들이 많기에
실패해도 우리는 무엇이든지 다시 시작할 수 있다.

아무리 많은 책을 읽고 좋은 말을 들어도
인생이 바뀌지 않는 것은
행동이 바뀌지 않았기 때문이다.

두려워도 계속하는 게 용기다.

행하는 자 이루고, 가는 자 닿는다.

- 삼성 좌우명

당신이 빛을 발하고 있다면,
별이 빛날 수 있게 배경이 되어 준 어떤 누군가에게
고마워할 일이다.

모른다는 것을 두려워하지 말자. 거기에 발전이 있다.
자신이 예전에 알지 못했던 것을 아는 것은 행운이며 행복이다.

아무것도 하지 않았기 때문에 아무것도 일어나지 않았다.
남의 성공은 반드시 이유가 있고
내 실패 또한 반드시 이유가 있다.

- 『어떤 하루』

상대의 마음에 불편을 주는 도움이라면,
그 도움은 상대를 위한 도움이 아니라
내 마음이 편해지기 위한,
나를 위한 도움일지도 모른다.

남이 도움을 요청하지 않았는데 도와주는 건 간섭이다.

포기 또한 재능의 일부분일 수도 있다.

세상은 책보다 복잡하다.

성숙하지 못한 사람은 자신이 좋아하는 일만 하려 하고
성숙한 사람은 자신이 하는 일을 감사하며 한다.

흐르는 세월이 안타까웠다.
나이를 먹는 것이 속상하고 두려웠다.
젊음을 특권이라 여기며,
특권을 잃은 내 나이가 창피했다.
못난 마음을 단속하지 못하고,
흘러가는 세월만 탓했다.
나태해지는 생각을 추스르기는커녕
어느덧 훌쩍 쌓인 나이 핑계만 댔다.

당신의 인생에서 중요하지 않은 사람에게 상처받는 것을 멈춰라.
대신 인생에서 중요한 사람에게 사랑받고 있다는 것을 기억하자.
얼굴만 아는 주위 사람이 당신에 관해 험담했을지라도,
당신을 속속들이 잘 아는 오랜 친구가 지지하고 있다.
누군가 당신을 밀치고 사과 없이 지나갔을지라도
당신을 따뜻하게 당겨 안아주는 가족과 친구들이 있다.
경쟁자나 다른 누군가가
당신의 능력을 시기하거나 평가하고 기를 꺾을지라도
당신을 판단하지 않고 있는 모습 그대로
믿고 사랑해주는 가까운 사람들이 있다.
당신을 잘 알고 있는 중요한 사람들이 주는 사랑과
당신을 잘 알지도 못하는 중요하지 않은 사람들이 주는 상처가
결코 같을 수가 없다.

- 김은주

아르바이트 하는 것을
부끄러워하는 사람들이 많이 있는 것 같다.
특히나 아는 사람들을 만나면 창피해서 어떡하지?
이런 고민들을 많이 하지 않나?
부끄러워할 필요가 전혀 없다.
하지만 계속 그렇게 느껴진다면
조금만 더 앞을 내다보고 주변을 의식하라.
지금의 부끄러움은 잠시지만,
지금 잠시의 부끄러움을 피하기 위해 아무것도 하지 않는다면
그 후에는 더 큰 부끄러움과 초라함이 남을 것이다.

그리고
조금 지나 보면 사실 별것도 아니다.
더욱 중요한 것은
지금 숨기고 싶어 하는 일들이
나중에 시간이 흘러 잘되었을 땐
그 이야기가 영웅담이 될 수 있다.

내가 가는 길에 초라함이 없기를 바라지 마라!
그런 인생 절대 없다. 절대로! 그 어디에도!

- 『어떤 하루』

용서란 오히려 나에게 도움이 될 때
나 스스로를 위해 남을 용서하는 것,
용서하고자 하는데 잘 안 될 때는
상대의 긍정적인 점, 내게 도움이 된 점을 생각하자.

영원히 죽도록 미워하는 사람에게도,
뜻밖에 도움을 받을 수도 있다.

네가 타인의 잘못을 한 가지를 용서하면
신은 너의 두 가지 잘못을 용서할 것이다.

그때 시작할 걸 후회하지 말고
그때 시작하길 잘했어.

먼 훗날은 그냥 보이지 않는 곳인 줄 알았는데,
근데 벌써 앞에 와 있잖아?
세월아~~
꼼꼼한 계획을 잘 세워도 다 잘 사는 것도 아니고,
그냥 대충대충 살아가는 사람이 다 못 사는 것도 아니다.

학벌이 좋다고 성격이 좋은 것은 아니며,
벼슬이 높다고 인품이 높은 것도 아니다.
- 공자

오늘 승용차 타고 가는 저 신사, 내일 뚜벅이 되지 말란 법 없고
오늘 뚜벅이로 다니는 저 거지, 내일 페라리 타지 말란 법 없다.

굽은 나무가 선산을 지킨다.

- 가치가 없다고 생각한 사람들이 오히려 더 중요한 구실을 한다고 생각한다.
  세상엔 가치가 없는 인간은 절대 없다.

잘하지 못해도 내가 할 수 있는 100% 노력과 열정이면,
꼴찌를 해도 후회는 남지 않는다.

쥐구멍에도 볕 들 날 있고, 굼벵이에게도 하늘 나는 날이 있다.

- 살아만 있자. 좋은 날 분명 있을 것이다.

내가 잘되기를 진심으로 바라는 사람도 있지만
내 잘됨을 시기하고 질투하는 사람도 있다.
나 또한 그렇듯
모두가 나를 응원해 줄 수는 없다.
그러니 너무 마음에 담을 필요 없고 상처받을 필요 없다.

포기만 하지 않으면 도착할 것이다.

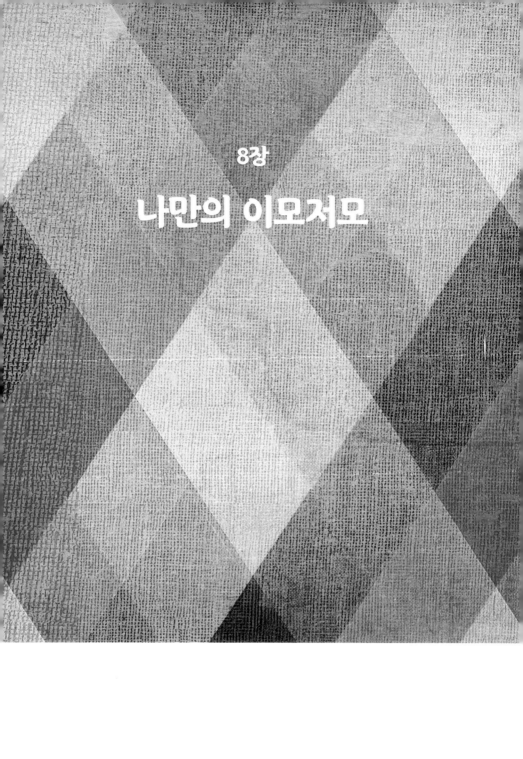

8장

나만의 이모저모

모든 사람한테 사랑받을 수 없다.
성인군자도 반대파는 존재했다.

누군가의 아픔이나 실패가
나에겐 깨달음일 수 있다.

지금 이 순간이 가장 젊은 날이다.
앞으로 지금보다 더 젊은 날은 오지 않는다.

시간은 상대적이다.
p.s. 짧은 시간이 영원히 기억에 남을 수 있고,
    긴 시간이 생각이 나지 않을 수도 있다.

하나님은 우리에게 이 땅에서의 짧은 시간을 주셨다.
그 짧은 시간이 영원히 좌우한다.

실천을 잘할 수 있는 방법.

첫째, 목표가 괴로우면 견디기 힘들고 무산된다.

둘째, 변명이나 합리화는 집어치우자.

셋째, 해야 할 일을 분석해서 한 번에 하지 말고 잘 쪼개서 하자.

넷째, 즐거운 마음으로 재미있게 해야 오래 꾸준히 할 수 있다.

다섯째, 제대로 하지 않았다고 자신을 욕하지 말자.

(실패해도 다시 새로운 마음으로 도전하자)

여섯째, 실천할 때마다 자신에게 보상해주자.

(맛있는 음식, 영화, 문화생활, 음주… 등)

일곱째, 남을 돕는 일로 만들어보자.

나의 신조

나는 주위에 아는 사람을 속여 이익을 쟁취하지 않는다.
나 자신이 부끄러운 밥을 먹지 않도록 노력할 것이다.
적어도 나 자신을 속이는 사람은 되지 않을 것이다.

친구들아….
10년 뒤에 연락 꼭 하자.

20년 뒤에
다들 결혼해서
웃으면서 배우자와 같이 있어라.

30년 뒤에
다들 웃으면서
어색함 없이 만나자.

40년 뒤에
자식들 시집, 장가 보내고
다 같이 해외나 나가자.

50년 뒤에
다 모여서
노가리나 까자.

60년 뒤에 뭐….
다들 건강한 게
최고지 않겠냐.

그냥 만나서
산책이나 하자.
그때까지 죽지 마라.
진짜 슬플 테니까.
그리고 우리 우정,
늙어서도 영원히 변치 말자.

힘들 때 손잡아주고
기댈 수 있었던
친구가 있어서
난 행복했다.

…그리고 내 친구들 진짜 사랑한다.

어차피 나는 누군가 한 명쯤에게 상년, 상놈일 테니,
착하게 살려고 노력하지 마세요.
하고 싶은 거 하면서 살아요.
그렇게 살아도
내가 어떤 사람인지 알 사람은 다 알아주고
좋아해줄 사람은 다 좋아해주기 때문이죠.

인생에 후회는 남겨도
미련은 남기지 말자.

되면 한다고 생각하지 말고 하면 된다라고 생각하자.

순간순간 기록하는 사람은 남들보다 빠르게 성장할 것이다.
메모하는 3분의 투자가 큰 흔적을 남긴다.

뛰어난 두뇌보다 엉터리 글씨가 낫다.

장사꾼은 내 돈으로 사고파는 것이고
사업가는 남들 돈으로 이윤을 남기는 사람이다.

어떻게 하면 돈을 아낄 수 있을까?가 아니라
어떻게 하면 돈을 더 벌 수 있을까?를 고민해라

인생의 성공은 네가 누구를 아느냐보다
'누가 널 알아보느냐'이다.

어제와 같은 오늘, 오늘과 같은 내일을 살고 싶지 않다.

술은 허용된 마약이다.

두려움은 피할수록 커지는 법.

자식 중에 막내가 가장 이쁨받는 건 만남이 가장 짧기 때문이다.

인생이 깊어지기 위해서는 희망도 필요하고 절망도 필요하다.
단지 포기라는 놈의 유혹에 흔들리지만 않으면
기회는 반드시 찾아오기 마련이다.
가끔 쓰러지면 어떤가. 쓰러질 때마다 일어서면 그만이지!

삶이란 처음부터 일상적인 것.

시간이 더디게만 흘러가던 어린 시절,
어느새 정신을 차려보니 어른이 되어 있었다.

때로는 아무것도 하지 않는 날이
마음에 위로를 주기도 한다.

'나이는 한계일 수가 없다.'
이 '나이에' 하고 자신의 한계를 정하고 움직이지 않으면
우리의 나머지 인생은 단지 죽음을 기다리는 대기 시간뿐이다.

봉사는 큰돈으로 하는 게 아니라. 적은 돈이 모여서 하는 것이다.
- 큰돈으로 봉사하면 지속해서 하기가 어렵고 부담이 된다.
  그러나 적은 돈으로 하면 부담도 덜 되다 보니 지속해서 하는 습관을 들일 수 있다.

좋은 기억이란 무엇인가?
기쁜 일이나 행운, 성공
잘된 일을 말하는 걸까?
아니다.
내가 생각하는 좋은 기억은,
순간순간 만나는 어떤 상황에서
좋은 쪽, 긍정적으로 생각할 때 만들어진다.

나는 늘 이편에 서 있었기에
저편의 아픔을 알지 못했다.
저편에 서 있고 보니 저편에도
이편 못지않은 아픔이 있다.

당신에게 주어진 그 건강한 시간들을 결코 헛되이 보내지 마라.
당신의 남은 생이 단 1년뿐이라 가정해보라.
어떻게 보내겠는가?
바로 그 생각을 건강한 지금 실천하자.

좋은 관계를 유지하기 위해선 무엇보다
상대에 대한 기대치를 조금 낮추는 것이 좋다.

지금부터 20년 후에 당신은 자신이 한 일보다
하지 않았던 일로 인해서 실망하고 후회하는 일이 더 많을 것이다.

잘못했을 때 사과를 하면 잘못이 없어지진 않더라도
최소한 마음은 가벼워진다.

귀로는 상대의 말을 들으면서도 머릿속으론 온통 자신의
생각만 하고 있다.
남의 생각을 미리 앞질러 짐작하고, 판단하기도 하고,
그 생각에 자신의 이야기나 생각을 끌어들이려 한다.

지금은 자기 노출의 시대.
자기 잘난 점을 스스로 어필할 줄 알아야 한다.
그래야 더 많은 기회가 주어질 것이고,
모르는 사람이 본인의 장점을 알아봐주는 것이다.

주위 사람들하고 이별하고 뒤늦게 후회하지 말고,
곁에 있을 때 밥 한 끼라도 더 사주고,
더 많이 사랑해주자.

나는 나를 '동그라미'라고 생각해도
주변 사람들이 계속 나를 '네모'로 느낀다면
정말로 나에게도 각진 모습이 분명히 있을 것이다.

웃어도 마음은 아플 수 있으며,
기뻐도 끝은 슬플 때가 있다.

일을 힘들어하기보다,
힘든 일조차도 할 수 있음에 감사해야 한다.

필리핀 어학연수 마친 후의 소감

웃음이 끊이지 않았던 곳.
짧은 여정이었지만
어떤 여행보다도 평생 잊지 못할
추억을 만들어 주었던 곳.

우리 15명
각자의 마음속에
오래도록 잊혀지지 않고 머무르길….

김주호(KIM) / 이강윤(YOON)
이용선(SCOTT) / 윤지승(JACOB)
윤시온(GLORIA) / 오소라(SORA)
태성하(PATRICK) / 하우명(WOO)
조영민(JOE) / 이재훈(HOOHY)
이종혁(JASON) / 김봉환(BOB)
정민성(JEONG) / 모상우(TILL)
홍세연(RACHEL)

미래의 아들딸에게

나중에 자식이 나처럼 공부하지 않을 경우,
최소한 내가 책을 읽고 느끼고 배운, 요약해서 모은 공책을
선물할 것이다.
뒤늦은 나이에 읽기 시작한 책,
너무 늦게 읽었다는 생각에 많은 후회가 된다.
나 같은 실수가 두 번 되풀이 되지 않기 위해,
내가 책을 많이 읽고 뜻깊은 내용과 내가 깨우친 것을 적어서
추후에 선물로 물려줄 생각이다.
내가 부유한 사람이 되어 있든,
궁핍한 삶을 살고 있는 사람이 되어 있든,
아빠로서 해줄 수 있는 모든 것은 다해줄 것이다.
나 또한 그렇게 자라 왔기 때문에
너 또한 삶이 풍요롭고 여유로운 삶이 될 수 있도록
나는 최선을 다할 것이다.
그리고 내가 바라는 2가지가 있다.

첫째는 영어 공부를 많이 했으면 좋겠다.
꼭 좋은 대학을 가기 위한 목적이 아니라
여행을 자주 다닐 수 있는 목적으로 사용하기 위함이다.
여행하면 배울 점도 많고,
자신을 되돌아봄으로써 빠르게 성장할 수 있을 것이다.
또 뉘우치고 깨닫는 것들이 많을 것이고,
다양한 경험과 체험을 통해, 세상을 여러 관점으로 볼 수 있으며,
자신도 모르는 사이에 많이 성숙해 있을 것이다.
그래서 자유 여행을 하기 위해
꼭 영어 공부는 필수로 해 두어라.

둘째는 책을 많이 읽었으면 좋겠다.

공부는 못해도 성공할 수 있지만,

최소한 책조차도 읽지 않으면, 무지할 것이다.

다양한 사람의 생각이나 상황에 대처할 수 있는 지혜가 부족할 것이고,

또한 소통도 원활하지 못하며,

대화할 때 적절한 단어가 떠오르지 않아

의사 전달이 원활하지 못할 것이다.

짧은 이야기를 길게 지루하게 할 것이며,

사람을 볼 수 있는 안목도 부족할 것이고,

사람을 이끌어 갈 수 있는 리더십도 부족할 것이다.

우리가 만나 볼 수 없는 사람들의 글을 통해,

간접 체험하여 옳고 그름을 좀 더 정확하게 판단할 수 있을 것이며,

짧은 시간에 여러 인생을 체험할 수 있는 장점이 있을 것이다.

나도 많은 책을 읽지 못하고 배우지도 못했지만,

넌 나보다 더 발전된 삶을 살았으면 좋겠다.

만약 내가 여행을 가지 않았다면
많은 에피소드, 많은 추억들,
많은 생각, 많은 변화가 없었을 것이고,
반복된 일상만 살았을 것이다.

혼자만의 여행이라?
내면의 소리를 들을 수 있고, 진정한 나 자신을 만나는 것이다.

나의 목표는 세계 50개국 여행이고,
나의 꿈은 세계 일주이다.

내가 가장 좋아하는 명언

내일 지구가 멸망하더라도 나는 오늘 한 그루의 사과나무를 심겠다.

- 난 내일 당장 죽더라도 내가 하고 싶은 것을 할 것이다.

나를 일깨워주는 시

가끔 한숨을 쉬면서 뒷골목을 걸으며 늙었다.

- 인생 길지도 않은데, 신세 한탄만 하면서 세월을 보내는 사람

사람은 돈이 없을 때보다 사람이 없을 때 더 초라해지는 법이다.

아프도록 외롭게 울다가
죽도록 배고프게 살다가
어느 날 문득
삶의 짐 다 내려놓고
한 줌의 가루로 남을 내 육신.
그래, 산다는 것은
짧고도 긴 여행을 하는 것이겠지
예습, 복습도 없이
처음에는 나 혼자서
그러다가 둘이서 때로는 여럿이서
마지막에는 혼자서 여행을 하는 것이겠지.

— 『잘 있었나요 내 인생』

이제 조금은 알 것 같다.
보고 싶다고 다 볼 수 있는 것은 아니라고…
나의 사랑이 깊어도 이유 없는 헤어짐은 있을 수 있다고…
받아들일 수 없어도 받아들여야만 하는 것이 있다는 것을…
사람의 마음이란 게 아무 노력 없이도 움직일 수 있지만
아무리 노력해도 움직여지지 않을 수 있다는 것을…
기억 속에 있었을 때 더 아름다운 사람도 있다는 것을…
가을이 가면 겨울이 오듯이,
사람도 기억도 이렇게 흘러가는 것임을…

— 공지영

살아남아 고뇌하는 이를 위하여

술이야 언젠들 못 마시겠나
취하지 않았다고 못 견딜 것도 없는데
술로 무너지려는 건 무슨 까닭인가
미소 뒤에 감처진 조소를 보았나
가난할 수밖에 없는 분노 때문인가
그러나 설령 그대가 아무리 부유해저도
하루엔 세 번의 식사만 허용될 뿐이네
술인들 안 그런가
가난한 시인과 마시든 부자와 마시든
취하긴 마찬가지인데
살아남은 사람들은 술에도 계급을 만들지

세상살이 누구에게도 탓하지 말게
바람처럼 허허롭게 가게나
누가 인생을 아는 척하려 하면 나는 그저 웃는다네
사람들은 누구나 비슷한 방법으로 살아가고
살아남은 사람들의 죄나 선행은 물론
밤마다 바꾸어 꾸는 꿈조차 누구나 비슷하다는 걸
바람도 이미 잘 알고 있다네…

- 칼릴 지브란

p.s.

마지막으로 나를 스쳐간 우연 또는 인연이였던 사람들에게
말하고 싶다.
미지근한 사랑해서 미안하다고,
앞으로는 어색하고 자연스럽지 않아도
아낌없이 사랑하고 표현할 거라고….

그리고 한참 시간이 흘러 그래도 그놈 참 재미있는
사람이고 밝은 사람이라고,
그렇게 기억으로 남았으면 좋겠다.